A FALTA QUE ME FAZ

Obras da autora publicadas pela Galera Record:

Avalon High
Avalon High — A coroação:
a profecia de Merlin
Cabeça de vento
Sendo Nikki
Na passarela
Como ser popular
Ela foi até o fim
A garota americana
Quase pronta
O garoto da casa ao lado
Garoto encontra garota
A noiva é tamanho 42
Todo garoto tem
Ídolo teen
Pegando fogo!
A rainha da fofoca
A rainha da fofoca em Nova York
A rainha da fofoca: fisgada
Sorte ou azar?
Tamanho 42 não é gorda
Tamanho 44 também não é gorda
Tamanho não importa
Tamanho 42 e pronta para arrasar
Liberte meu coração
Insaciável
Mordida
O garoto está de volta
Victoria e o patife
Nicola e o visconde

Série O Diário da Princesa
O diário da princesa
Princesa sob os refletores
Princesa apaixonada
Princesa à espera
Princesa de rosa-shocking
Princesa em treinamento
Princesa na balada
Princesa no limite
Princesa Mia

Princesa para sempre
O casamento Real
Lições de princesa
O presente da princesa

Série A Mediadora
A terra das sombras
O arcano nove
Reunião
A hora mais sombria
Assombrado
Crepúsculo
Lembrança

Série As leis de Allie Finkle
para meninas
Dia da mudança
A garota nova
Melhores amigas para sempre?
Medo de palco
Garotas, glitter e a grande fraude
De volta ao presente

Série Desaparecidos
Quando cai o raio
Codinome Cassandra
Esconderijo perfeito
Santuário
A falta que me faz

Série Abandono
Abandono
Inferno
Despertar

Série Diário de uma princesa
improvável
Diário de uma princesa
improvável
Desatre no casamento real

MEG CABOT

A FALTA QUE ME FAZ

Tradução de
CACO ISHAK

1ª edição

— **Galera** —
RIO DE JANEIRO
2018

CIP-BRASIL. CATALOGAÇÃO NA PUBLICAÇÃO
SINDICATO NACIONAL DOS EDITORES DE LIVROS, RJ

C116f   Cabot, Meg, 1967-
        A falta que me faz / Meg Cabot ; tradução de Caco Ishak. –
        1ª ed. – Rio de Janeiro: Record, 2018.
        (Desaparecidos; 5)

        Tradução de: Missing you
        Sequência de: Santuário
        ISBN 978-85-01-11338-2

        1. Ficção juvenil americana. I. Ishak, Caco. II. Título. III. Série.

17-46516   CDD: 028.5
                                            CDU: 087.5

Título original norte-americano:
Missing you

Copyright © 2006 Meg Cabot, LLC.

Todos os direitos reservados. Proibida a reprodução, no todo ou em parte, através de quaisquer meios.

Texto revisado segundo o novo Acordo Ortográfico da Língua Portuguesa.

Direitos exclusivos de publicação em língua portuguesa somente para o Brasil adquiridos pela
EDITORA RECORD LTDA.
Rua Argentina 171 – Rio de Janeiro, RJ – 20921-380 – Tel.: (21) 2585-2000, que se reserva a propriedade literária desta tradução

Impresso no Brasil

ISBN 978-85-01-11338-2

Seja um leitor preferencial Record
Cadastre-se e receba informações sobre nossos lançamentos e nossas promoções.

EDITORA AFILIADA

Atendimento e venda direta ao leitor
mdireto@record.com.br ou (21) 2585-2002

Muito obrigada a Jennifer Brown, John Henry Dreyfuss, Laura Langlie, Amanda Maciel, Abby McAden e Ingrid van der Leeden.

A todos os leitores que pediram isso.

Capítulo 1

Meu nome é Jessica Mastriani. Talvez você já tenha ouvido falar de mim. Mas tudo bem se não tiver. Na verdade, até prefiro assim. O motivo pelo qual pode ter ouvido falar de mim é que sou a menina apelidada pela imprensa de "Garota Relâmpago", porque fui atingida por um raio há uns anos e acabei desenvolvendo o que chamam de poder paranormal para encontrar pessoas desaparecidas através de meus sonhos. O assunto deu o que falar na época. Pelo menos em Indiana, de onde eu sou. Fizeram até uma série de TV baseada em minha vida. Quero dizer, não foi EXATAMENTE baseada em minha vida. Afinal, inventaram um monte de coisas. Tipo, que eu fui para a cidade de Quantico treinar para ser uma agente do FBI. Isso nunca aconteceu. Ah, e também mataram meu pai na série. Mas, na vida real, ele está totalmente vivo.

Não liguei, realmente (apesar de meu pai não ter ficado lá muito satisfeito), porque ainda teriam de me pagar mesmo assim. Pelo direito de usar meu nome e minha história, e tudo mais. Acabou rendendo bastante dinheiro até, embora a série seja transmitida só pela TV a cabo e nem sequer por uma das maiores emissoras.

Meus pais recebem os cheques todo mês e investem o dinheiro para mim. Ainda nem precisei mexer nas aplicações. Só gasto um pouquinho do rendimento aqui e ali, tipo, quando fico sem grana para comida ou aluguel e tal. O que não tem sido tão frequente nos últimos tempos, pois arrumei um emprego temporário. Não é o melhor trabalho do mundo nem nada assim. Mas pelo menos não é com o FBI, como na série de TV.

Cheguei a trabalhar de fato para o FBI por um tempo. Havia uma divisão especial, chefiada por esse cara, Cyrus Krantz. Trabalhei para eles por quase um ano.

Não era para ter sido como foi, entende? Minha vida, digo. Primeiro houve aquela história toda de ser atingida por um raio. Isso definitivamente não estava em meus planos. Não que alguém (em sã consciência, pelo menos) fosse ESCOLHER ser atingido por um raio e adquirir poderes paranormais, porque, acredite, é verdadeiramente um saco. Quero dizer, acho que foi uma coisa boa para as pessoas que eu ajudei.

Mas não foi nenhum mar de rosas para mim, sério mesmo.

Aí veio a guerra. Como o raio, isso surgiu sem mais nem menos. E, como o raio, mudou tudo. Não só porque, do nada, todo mundo de nossa rua, lá em Indiana, tinha uma bandeira dos Estados Unidos no jardim, ou por ficarmos todos grudados na CNN 24 horas por dia. Para mim, muito mais que apenas isso mudou. Tipo, eu ainda nem tinha terminado o ensino médio, e, mesmo assim, Tio Sam já estava todo "QUEREMOS VOCÊ" para cima de mim.

E o problema era que precisavam mesmo. *De verdade.* Pessoas inocentes estavam morrendo. O que eu ia fazer? Dizer não?

Até tentei fazer isso no começo. Mas então meu irmão Douglas (quem eu sempre imaginei que seria o mais contrário a minha ida) foi justo quem me disse: "Jess. O que você está fazendo? Você *tem* de ir."

Então eu fui.

No início, disseram que eu poderia trabalhar de casa. O que foi bom, afinal eu precisava terminar o terceiro ano e tudo mais.

Só que havia pessoas que precisavam ser encontradas, rápido. O que eu podia fazer? Era uma *guerra.*

Sei que, para a maioria das pessoas, a guerra meio que acontecia em algum lugar lá longe. Posso apostar que o americano médio sequer PENSAVA nisso, a não ser, sabe, quando ligava no noticiário à noite e via o povo sendo explodido e tal. "Tantos fuzileiros navais morreram hoje", diziam na TV. No dia seguinte, as pessoas ouviam: "Encontramos tantos terroristas escondidos em uma caverna nas montanhas do Afeganistão."

Bem, não foi assim para mim. Não vi a guerra pela TV. Em vez disso, vi tudo ao vivo. Porque eu estava lá. Estava lá porque era eu quem dizia em quais cavernas procurar as pessoas que tanto tinham de encontrar. Tentei fazer isso de casa no começo, e, depois, de Washington.

Só que muitas vezes, quando eu informava onde precisavam procurar, eles iam lá e voltavam falando que não havia ninguém.

Mas eu sabia que estavam enganados. Porque eu jamais me enganei. Ou talvez seja melhor dizer: meu *poder* nunca se enganou.

Então finalmente cheguei ao ponto de dizer: "Olha só, me mandem pra lá de uma vez, e eu MOSTRO a vocês."

Você certamente ouviu nos noticiários sobre algumas das pessoas que encontrei. Já outras, foram mantidas em segredo. Algumas das pessoas que encontrei não puderam ser alcançadas pois estavam escondidas nas profundezas das montanhas. Algumas das pessoas que encontrei simplesmente foram vigiadas mais um tempo. Algumas das pessoas que encontrei acabaram morrendo.

Mas eu as encontrei. Encontrei todas.

E aí vieram os pesadelos. E eu não conseguia mais dormir.

O que significava que não conseguia encontrar mais ninguém. Afinal, eu não conseguia sonhar.

Transtorno de estresse pós-traumático. Ou TEPT. Era como chamavam, pelo menos. Tentaram de tudo para me ajudar. Drogas. Terapia. Uma semana à beira de uma piscina chique em Dubai. Nada funcionou. Eu ainda não conseguia dormir.

Então, por fim, fui mandada para casa na esperança de que talvez lá eu melhorasse, assim que tudo voltasse ao normal.

O problema foi que, quando cheguei em... casa?, nada voltou ao normal. Tudo estava diferente.

Talvez seja injusto dizer isso. Acho que, na verdade, só *eu* parecia diferente. Não os outros. Quero dizer, fica difícil para uma pessoa que vê essas coisas (crianças gritando para você não levar seu pai, coisas explodindo... *pessoas* explodindo), tendo também só 17 anos e tal (ou mesmo aos 40, né?), simplesmente voltar para casa um ano depois e, tipo... fazer o quê? Ir ao shopping? Ir à manicure? Assistir ao *Bob Esponja Calça Quadrada*?

Por favor.

Só que eu também não podia voltar a fazer o que fizera até então. Digo, para o FBI. Não conseguia nem encontrar a *mim mesma*, quanto mais outras pessoas. Porque eu já não era mais a "Garota Relâmpago".

Lentamente eu descobria que era algo que por muito tempo não tinha sido:

Eu era normal.

Tão normal quanto uma garota como eu PODE ser, pelo menos. Tipo, sou uma garota que ESCOLHE usar o cabelo quase tão curto quanto os dos fuzileiros que trabalhavam comigo.

E devo admitir que tenho uma certa afeição por motores. Mas não qualquer motor. Curto motocicletas, tipo Harleys.

E devo admitir que minha ideia de diversão jamais incluiu me pendurar ao telefone, ou ficar trocando mensagens com amigas e depois ir ao cinema para ver uma comédia romântica engraçadinha. Primeiro porque só tenho uma amiga, talvez duas. E, além do mais, gosto de filmes em que as coisas explodem.

Ou pelo menos gostava. Até as coisas a meu redor começarem a explodir de fato em frequência mais ou menos regular. Então atualmente gosto de ver desenhos animados sobre alienígenas que vêm morar com garotinhas no Havaí ou sobre peixinhos perdidos. Coisas do gênero.

Fora esses poucos detalhes insignificantes, no entanto, sou supernormal. Levou um bom tempo, mas consegui. Sério. Levo uma vida que seria considerada normal por qualquer um. Moro em um apartamento normal, com uma colega de quarto normal. Ok, beleza, Ruth, minha melhor amiga desde sempre, não é exatamente normal. Mas é normal o suficiente. Fazemos coisas normais, tipo, ir ao supermercado juntas e pedir comida chinesa em casa, e assistir aos programas idiotas de TV que ela tanto gosta.

E, tudo bem, Ruth está sempre tentando fazer com que eu saia, tipo para shows no parque e tal. Só que eu meio que prefiro ficar em casa e praticar minha flauta. Então talvez isso não seja tão normal.

Mas, olhe, foi ela quem arrumou aquele emprego temporário para mim. E é um emprego temporário bem normal, inclusive não paga quase nada. Não é isso que uma garota de 19 anos basicamente espera da vida? Um emprego temporário que paga mal e porcamente?

Pronto, isso é normal. Felizmente, com a pensão que ganho do FBI (sim, eu era assalariada. Não era agente nem nada, mas tinham de me pagar. Fala sério, né? Como se eu fosse trabalhar para eles de graça!) e o rendimento de minhas aplicações, mais o que meus pais me mandam, consigo me virar bem.

Além disso, não é como se eu estivesse vivendo por conta própria, sabe? Divido tudo com Ruth, o valor das compras, o aluguel (que é bem caro, mesmo que tenhamos apenas um quarto, que também dividimos. Ainda assim, o apartamento fica em Hell's Kitchen, que é, caso você não saiba, um bairro em Nova York, o lugar mais caro do mundo para se viver), tudo, meio a meio.

Mas, enfim, o emprego temporário... é bem legal. O trabalho é para ajudar crianças, o que, bem ou mal, era o que eu fazia logo que essa história toda de raio aconteceu (antes que eu começasse a arruinar as vidas das crianças, em vez de salvá-las, ao ajudar a prender seus pais). Ruth conseguiu um emprego em um desses grupos sem fins lucrativos. Ela ficou sabendo da vaga no mural com ofertas temporárias para as férias da faculdade. Ruth acabou indo estudar na Columbia depois de ser aceita em todas as universidades nas quais se inscreveu.

Um monte de gente (tipo, os pais de Ruth e seu irmão gêmeo Skip, que entrou na Universidade de Indiana e está passando o verão em Nova York, trabalhando como estagiário em uma empresa de Wall Street) acha que ela poderia arrumar um emprego temporário melhor, com um salário maior, considerando que é aluna da Columbia, uma das universidade mais prestigiadas e tal.

Só que Ruth é toda "estou fazendo minha parte", o que é maneiro, porque está mesmo. O trabalho é o seguinte: coordenar músicos e atores e tudo mais para ir em creches e colônias de férias de áreas carentes, ajudando as crianças a montar peças, musicais ou o que quer que seja, porque o município não tem verba o suficiente para contratar professores diplomados de verdade.

No começo, achei tudo isso meio ridículo, digo, o emprego temporário de Ruth. Como é que montar uma peça durante a colônia de férias poderia ajudar uma criança cuja mãe é cracuda?

Aí, um belo dia, Ruth esqueceu a carteira em casa e precisou que eu a levasse para ela, o que fiz, embora tenha atrapalhado todo o meu ensaio.

Mas acabou valendo a pena. Porque percebi na hora que eu estava errada. Montar uma peça em uma colônia de férias pode fazer uma baita diferença na vida de uma criança, mesmo uma criança com sérios problemas em casa (não, tipo, ter o pai em um centro de detenção, mas, tipo, ter uma vó viciada e tal). É bem legal ver uma criança que nunca nem assistiu a uma peça ATUANDO. Ou, e essa é a parte em que eu entro, uma criança que nunca tinha tocado um instrumento musical TOCANDO.

E é legal para mim também, pois acabo fazendo o que mais amo, que é tocar flauta. Quero dizer, acho que teria conseguido um emprego temporário para fazer isso em uma orquestra.

Mas você alguma vez já saiu com essa galera que toca em orquestra? Não estou falando do pessoal que toca na orquestra da escola. Estou falando de musicistas clássicos de verdade, que são remunerados e tudo.

Pois é. Bem, eu já, desde que comecei a estudar na Juilliard no ano passado.

E, acredite em mim, é MUITO mais divertido fazer o que estou fazendo, que é ensinar crianças que nunca sequer viram uma flauta na vida a tocar. É irado. Porque seus olhos se arregalam tanto quando eu toco alguma coisa bem rápido, tipo "O voo do moscardo" ou um pouco de Tchaikovsky, e aí digo que posso ensiná-las a tocar também, basta praticarem.

E elas ficam todas "dá um tempo, nunca vou conseguir tocar assim". Então eu falo "não, sério. CONSEGUE sim". Aí mostro a elas.

Essa parte me mata do coração toda vez.

Skip acha que Ruth deveria ter arrumado um estágio em alguma agência de publicidade, e que essas crianças nunca vão dar em nada na vida, independentemente de quanta arte despejarmos nelas. Ele não diz esse tipo de coisa para mim, mas só porque ele está a fim de me pegar. A empresa em que Skip estagia paga seu aluguel durante o verão (por isso, ele está dormindo em nosso sofá: para guardar o dinheiro do auxílio-moradia e comprar alguma coisa que ele queira de verdade, o que, conhecendo a peça, provavelmente deve ser alguma besteira, tipo um Porsche). Ele está aqui nesse exato momento, por falar nisso, jogado no sofá (ou, devo dizer, na *cama*), vendo *Jeopardy!* com meu irmão Michael, que também está estagiando em Nova York nesse verão e também está ficando aqui em casa. (Ele ficou com o chão. Skip reivindicou o sofá primeiro).

Mike (que também ficou na Universidade de Indiana depois de ter adiado sua entrada em Harvard por estar apaixonado por uma garota que mais tarde acabou o trocando por um cara que ela conheceu no curso de teatro nas dunas de Michigan. O nome Claire Lippman ainda não pode ser mencionado em nossa casa) está em Nova York por causa de um emprego temporário que envolve computadores, um grupo de pesquisa e o rastreamento de ciberterroristas. Tipo o que eu fazia durante a guerra, só que ele faz isso de um cubículo no campus da Columbia em vez de estar em uma tenda no deserto cheio de areia.

Às vezes, Mike nos conta sobre seu trabalho, embora todos nós preferíssemos que ele não contasse.

Tanto Skip quanto Mikey estão de cara grudada na TV, gritando as perguntas para as respostas do *Jeopardy!* Skip está errando a maioria. Mike está acertando a maioria.

É maneiro ter um de meus irmãos por perto nesse verão, mesmo que não seja Douglas, meu irmão favorito, que está em Indiana, alugando um quarto de meus pais.

Pelo menos ele não MORA mais com eles, o que já é um avanço. Douglas alugou um estúdio no andar de cima de um dos restaurantes da família, o Mastriani's, que foi reformado depois de um incêndio. Ele trabalha em uma loja de quadrinhos e tem feito desenhos próprios também. Acho que meu irmão poderia fazer carreira como escritor/ilustrador de histórias em quadrinhos. Sério. Não sei se são as vozes que ele costumava ouvir na própria cabeça, ou o que, só sei que seu traço é realmente bom.

Isso é bem legal, porque, por bastante tempo, a gente achou que Douglas nunca fosse conseguir fazer nada da vida, muito menos sozinho.

Pessoalmente, jamais achei que Skip fosse dar em algo (sem alguém o matar por ser um folgado tão irritante), mas, de acordo com ele, quando se formar em administração na Kelly, onde estuda, vai arranjar um emprego que pague mais de cem mil dólares por ano.

Então, pelo visto, eu estava enganada em relação a Skip também.

Embora ele ainda seja irritante. Às vezes, até concordo em sair com ele porque, sei lá, é comida de graça, né? Não dá para reclamar. É o que minha mãe sempre diz. Ela ADORARIA que eu ficasse com o bom e velho Skip, o cara dos cem mil dólares.

Pois é. Essa é a outra coisa normal sobre mim: não tenho namorado. Não que a Juilliard (sem mencionar a comunidade de trabalhos temporários sem fins lucrativos) não esteja cheia de caras heterossexuais gatos. (Brincadeira, eles definitivamente não são.) Talvez eu só não tenha ainda encontrado o cara certo. Achei que tivesse, uma vez, há muito tempo.

Mas, no fim das contas, eu estava enganada.

Então, dá para imaginar minha surpresa quando (bem na hora que Ruth falava "Ok, falando sério, galera, a gente TEM de alugar uma parada em algum lugar este verão. Sério mesmo. Skip, está prestando atenção? Você é quem anda economizando todo o seu rico dinheirinho, dormindo no sofá, então pode ir desembolsando algum aí pra gente. Não vou passar o mês de agosto derretendo no calor de Manhattan. Estou falando, no mínimo, de irmos pra costa de Jersey todo fim de semana" e Skip e Mike ambos berravam "Orion! Orion!" na frente da televisão) alguém bateu à porta e fui atender, pensando que fosse o entregador de pizza, e, em vez disso, dei de cara com meu ex-namorado parado lá.

Seria de se imaginar que uma paranormal receberia algum aviso sobre uma coisa dessas.

Mas... por isso que é um saco ser eu: afinal, não sou mais paranormal.

Capítulo 2

— Jess — cumprimenta Rob, passando os olhos por mim e olhando para a sala, onde Skip e Mike estavam esparramados no sofá, como duas baleias encalhadas. — Estou incomodando?

Jess, estou incomodando?

É o que meu ex-namorado fala depois de uns dois anos de silêncio total. Sem nem mesmo um telefonema.

E, beleza, fui eu quem viajou para o Afeganistão. Admito.

Mas preciso lembrar que foi PARA AJUDAR NA GUERRA?

Não era como se estivesse ME DIVERTINDO.

Não feito ELE estava, durante toda a minha ausência. Ou pelo menos imagino que tenha sido assim, afinal, quando voltei, dei de cara com ele atracado a uma loira oxigenada de tomara que caia na frente da oficina mecânica do tio.

Ah, claro. Rob disse que ELA o havia beijado. Por ter consertado seu carburador. Disse que, se eu tivesse ficado lá em vez de simplesmente sair correndo feito uma covarde, teria visto quando ele a mandou parar.

É. Com certeza. Porque homens realmente detestam quando loiras de salto plataforma, bronzeamento artificial e peitos maiores que minha cabeça se jogam sobre eles para dar um chupão daqueles.

Que se dane. Não é como se as coisas estivessem indo às mil maravilhas entre nós antes de minha partida para Washington e rumo ao leste. Minha mãe não estava nada empolgada, digamos assim, com o fato da filha, que então nem tinha 17 anos, namorar um cara que não só já tinha se formado no ensino médio, como também

a) não estava na faculdade.
b) trabalhava como mecânico na oficina do tio.
c) vivia "no lado errado da cidade" ou, na expressão local, era um "caipira".
d) encontrava-se em condicional por um crime cuja natureza ele jamais revelava.

Em suma: ela não facilitou muito para nosso lado. Na primeira (e única) noite em que Rob foi jantar lá em casa, minha mãe fez questão de mencionar que, no estado de Indiana, é considerado estupro de vulnerável caso uma pessoa maior de 18 anos mantenha relações sexuais com uma pessoa menor de 16 anos, sendo isso um crime passível de prisão com pena estipulada em dez anos, com até outros dez adicionais ou quatro subtraídos por circunstâncias agravantes e atenuantes.

Não importava o quanto eu já tivesse deixado claro que nós dois não mantínhamos relações sexuais (para meu eterno pesar e desgosto). Foi só minha mãe dizer as palavras "estupro de vulnerável" que Rob foi embora, com a promessa de que voltaria quando eu fizesse 18 anos.

Nem cheguei a ir ao casamento de seu tio, ao qual ele prometera me levar.

E aí veio a guerra.

E, quando voltei, tendo completado 18 anos e perdido a única qualidade que me destacava das outras garotas da cidade (além da recusa em deixar o cabelo crescer), dei de cara com ele e a Miss "Obrigada por consertar meu carburador, repare só nesses peitões".

Ele não me viu. Flagrando os dois, digo. Só ficou sabendo que eu estava de volta porque Douglas contou mais tarde naquele mesmo dia, quando Rob passou na loja de quadrinhos, o que, de acordo com meu irmão, ele costuma fazer periodicamente para pegar as últimas edições do Homem-Aranha (o que é engraçado, porque eu nem sabia que Rob gostava de quadrinhos) e jogar conversa fora com Douglas, se ele estivesse no balcão.

Aí ele ficou sabendo que eu voltara para casa e passou por lá, chegando na mesma moto Indian personalizada em que ele me dera aquela primeira carona, tantos anos antes.

Rob pareceu bastante surpreso quando eu disse para ele dar o fora de minha casa. E mais surpreso ainda quando eu disse que o tinha visto com a loira.

No começo, acho que ele pensou que era brincadeira. Aí, quando viu que não, ficou irritado. Disse que eu não sabia o que estava falando. Também disse que a Jess que ele havia conhecido não teria saído correndo só porque viu uma garota qualquer lhe dando um beijo. Disse que a Jess que ele conhecera teria ficado lá e quebrado a cara dele (sem falar na dela).

Também disse que eu não fazia ideia de como tinha sido para ele enquanto eu estivera fora, sem saber onde eu estava, se tinha sido explodida ou sei lá (porque é claro que não me deixaram ligar para as pessoas e contar minha localização e tal durante o tempo em que tinha ficado no exterior).

Acho que nunca passou pela cabeça de Rob que para mim também não tinha sido essa maravilha toda. Seria de se imaginar que ele teria percebido com todos aqueles jornais cujas manchetes declaravam meu vergonhoso retorno para casa e para a normalidade ("Garota Relâmpago não solta mais faísca" e "Heroína retorna, já sem poderes paranormais: tudo cedido em prol da guerra").

Acho que nunca passou pela cabeça de Rob que eu NÃO ERA a Jess que ele tinha conhecido, a que teria lhe quebrado a cara. Não mais.

Fui eu quem acabou sugerindo darmos um tempo.

Foi ele quem disse que talvez fosse uma boa ideia mesmo.

E aí recebi o telefonema da Juilliard: tinha chegado a vez de meu nome na lista de espera (mal lembrava, mas tinha feito o teste durante uma de minhas voltas para casa).

As aulas começariam já no dia seguinte, e perguntaram se por acaso eu ainda estava interessada. Por acaso ainda estava interessada? Uma chance de me perder na música? A oportunidade de fugir de mim mesma, dos pesadelos, da loira com peitões, de minha mãe? Sem dúvida. Então fui embora. Sem me despedir. E nunca mais o vi. Até este instante. Ok, beleza, isso não é bem verdade. Preciso confessar que não consegui me segurar e forcei os outros (pois eu mesma nunca faria uma coisa dessas por medo de ser vista) a passar em frente à oficina onde ele trabalhava, para que eu, abaixada no banco de trás, pudesse dar uma espiada de vez em quando. Tipo nas vezes em que tinha voltado para casa nos feriados, como no Natal e tal.

E ele sempre estivera tão gato quanto no dia em que o conheci, na detenção depois da aula, quando ainda estudava na Ernie Pyle High School, tão alto e descolado e... *bem*. Sabe?

Mas ele nunca chegou a telefonar. Nem mesmo quando certamente sabia que eu estava em casa, tipo, nas férias de fim de ano. E, com certeza, não passou por lá no meio da noite para ver se a luz de meu quarto estava acesa, nem para jogar pedrinhas em minha janela para que eu descesse.

Imaginei que ele tivesse seguido em frente. E não podia culpá-lo. Afinal, eu não tinha retornado de meu ano no exterior... exatamente inteira. Eu definitivamente não era mais quem eu costumava ser, como ele rapidamente percebera.

Então decidi que Rob também não era mais quem ele costumava ser. Decidi que, talvez, minha mãe tivesse razão. Nós dois éramos realmente diferentes demais para sermos compatíveis. Tínhamos formações e famílias muito distintas. O que Rob quer, bem, não sei o que ele quer, pois fazia bastante tempo que não nos víamos. E, como não consigo mais encontrar pessoas desaparecidas, também não sei o que eu mesma quero.

Mas sei muito bem que Rob e eu jamais vamos querer as mesmas coisas. Porque, em lugar algum de meu futuro, consigo me vislumbrar em um tomara que caia.

A coisa mais simples parece ser dizer a mim mesma que eu quero o que minha mãe me diz que devo querer: um diploma universitário, uma carreira decente e um cara legal e estável como Skip, que vai ganhar cem mil dólares por ano algum dia. Ela diz que Skip é o tipo de pessoa com quem uma musicista clássica deve se casar. Afinal, musicistas clássicos não ganham tanto dinheiro assim, a menos que sejam famosos, como Yo-Yo Ma e tal.

E a verdade é que estou cansada demais para tentar descobrir o que eu quero. É bem mais fácil decidir que quero o que minha mãe quer para mim.

Então foi por isso. Digo, sobre Rob. Foi por isso que não lutei por ele, pelo que um dia tivemos. Não tentei consertar as coisas. Eu estava simplesmente cansada demais.

Então segui em frente.

Só que ali estava ele, um ano mais tarde, parado na porta da minha casa. Sem cumprir com a sua parte do acordo (ainda que tácito). E definitivamente parecia estar inteiro. MAIS que inteiro, até. Parecia tão bem quanto naquele dia na escola, depois da detenção, quando acabou me oferecendo uma carona para casa. Os mesmos olhos azul-claros, tão claros que eram quase cinza. O mesmo cabelo castanho-escuro desgrenhado, um pouco mais longo na nuca do que minha mãe julga aceitável em homens. O mesmo jeans de caimento perfeito, desbotado em todos os pontos certos (ou errados, dependendo da forma como é encarado).

Vê-lo com uma cara tão boa, parado do lado de fora de minha casa, foi muito como ser... bem, atingida por um raio.

Uma sensação que não me é estranha, por sinal.

— Pergunta se ele tem troco pra cinquenta — berrou Skip, pensando que fosse o entregador de pizza.

— Vê aí se lembraram de mandar a pimenta calabresa — gritou Ruth da cozinha, enquanto pegava os pratos.

— Esqueceram da última vez.

Apenas fiquei lá parada, olhando para ele. Fazia tanto tempo que eu não ficava assim tão perto de Rob. E tudo veio à tona: seu cheiro (que era uma mistura do sabão em pó que a mãe usava, sabonete de banho e, mais sutilmente, o produto que os mecânicos usam para tirar a graxa das unhas); o jeito como me beijava... um ou dois beijinhos, que nem sempre eram exatamente na boca, e aí um longo e certeiro, bem na boca, que me fazia sentir como se estivesse explodindo; a sensação do corpo contra o meu, tão comprido e sólido e quentinho...

— Estou incomodando, sim — disse Rob. — Tem gente aí. Posso voltar mais tarde.

— Ei, você tem troco? — Skip passou por mim, sacudindo uma nota de cinquenta. Então se deteve ao ver que não havia uma pizza. — Ei, e a pizza? — perguntou ele, encarando Rob em seguida, estreitando os olhos.

— Ei — continuou Skip, em um outro tom de voz. — Eu te conheço.

Ruth tinha colocado a cabeça pela porta da cozinha para perguntar:

— Se lembrou de trazer a pimenta... — Sua voz falhou quando ela também reconheceu Rob.

— Ah — continuou ela, também em uma entonação já bem diferente. — É o... o...

— Rob — retrucou o próprio, com aquela voz grossa e pragmática que sempre fez meu pulso acelerar, o que é o mesmo efeito, já faz um tempo, que o barulho do motor de uma motocicleta provoca em mim. É que nem aqueles cachorros sobre os quais aprendemos nas aulas de psicologia. Sabe aqueles que só recebiam ração depois que um sino tocava? Aí, sempre que escutavam um sino depois disso, começavam a babar. Sempre que escuto o motor de uma moto, ou a voz de Rob, meu coração acelera. De um jeito bom.

Eu sei. Patético, né?

— Certo — afirmou Ruth, lançando um olhar apreensivo em minha direção. — Rob. Lá de Indiana. — Ela se absteve de chamá-lo pelo apelido particular que lhe deu: o Babaca. Considerei isso uma genuína demonstração de amadurecimento e juízo. Ruth mudou bastante dos tempos da escola.

Bem, acho que todos nós mudamos.

— Você se lembra de Rob, sim, Skip? — perguntou ela, acotovelando o irmão gêmeo. — Ele estudou na Ernie Pyle.

— Como poderia me esquecer? — retrucou Skip, monocórdico.

Ok, beleza, acho que todos nós mudamos dos tempos da escola para cá, a não ser Skip.

— Pois é — disse Ruth. — Bem. Você quer, hum... quer entrar, Rob?

Não podia culpar minha amiga por soar confusa e não saber ao certo o que fazer. Eu também não sabia o que fazer. Quero dizer, um cara some de sua vida por um ano, e aí reaparece do nada na porta de sua casa em outro estado... é meio desconcertante mesmo.

— Qual é a dessa demora? — Então Mike surgiu no estreito hall de entrada e, antes de ver Rob, perguntou: — Estão precisando de dinheiro trocado?

— Não é o cara da pizza — explicou Skip, virando a cabeça. — É Rob Wilkins.

— *Quem?* — Meu irmão parecia tão chocado quanto eu. — *Aqui?*

— Olhe — falou Rob, começando a demonstrar certa impaciência. Dava para ver pelo modo como as sobrancelhas escuras começavam a franzir um pouco no centro. Era a mesma cara que fazia sempre que eu queria resgatar alguma criança sequestrada, usando algum esquema maluco que ele considerava perigoso demais. — Se eu estiver incomodando, Jess, posso voltar...

Pude sentir os olhares de todos sobre mim: o de Ruth, carregado de preocupação (ela era a única capaz de ter alguma noção do tipo de turbilhão emocional em que eu tinha sido jogada com aquela aparição repentina); o de Skip, hostil e questionador (afinal, eu tinha saído quase que exclusivamente com ele durante todo o verão... embora não dê para chamar a pizza ocasional e cineminha de "namoro"); o de Mike, também hostil (ele jamais gostara de Rob, basicamente porque nunca sequer tinha tentado conhecê-lo melhor), mas compreensivo ao mesmo tempo... meu irmão sabia o quanto eu vinha me esforçando para fugir do passado.

E Rob fazia parte desse passado.

Claro que, sob o escrutínio de tanta gente, eu conseguia sentir o rosto ficando vermelho. Fora que eu não conseguia pensar em absolutamente nada para dizer. Sério. Me deu um branco total. A única coisa que me passava pela cabeça eram as palavras *Rob está aqui. Rob está aqui em Nova York.*

E ele está tão, mas tão cheiroso.

Sério. Foi realmente como ser atingida por um raio de novo. Exceto pela parte do cabelo em pé. E a cicatriz no formato de estrela que de lá para cá sumira por completo.

Foi Ruth quem me socorreu.

— A gente vai dar uma saída então, para deixar os dois mais à vontade — disse ela, deixando os pratos de jantar de lado.

— Dar uma saída? — repetiu Skip, soando ainda mais indignado. — E a pizza que a gente pediu?

— Quer saber? — começou Rob, se virando para ir embora. — Volto mais tarde.

Só quando vi aqueles ombros largos na jaqueta jeans se afastando, percebi que sentia algo. O que, para mim, era um progresso. Considerando que não vinha sentindo lá muita coisa fazia um bom tempo.

E o que senti foi que, desta vez, não o deixaria escapar. Não assim tão facilmente. Não sem uma explicação.

— Espere — falei.

Rob parou no corredor e olhou para mim. Com uma expressão totalmente indecifrável. E não só porque o zelador ainda não tinha trocado a lâmpada queimada em frente ao Apartamento 5A.

Ainda assim, dava para ver os olhos acinzentados brilhando como os de um gato.

— Vou só pegar minhas chaves — declarei. — A gente pode comer alguma coisa e conversar um pouco.

Entrei novamente no apartamento e fui até a mesinha onde jogamos as chaves sempre que chegamos em casa. Mike a estava bloqueando.

— Saia da frente — pedi.

— Jess — retrucou ele, em voz baixa. — Acha mesmo...

— Saia da frente — repeti, mais alto.

Não quero passar a impressão de que sabia o que estava fazendo. Definitivamente não sabia. Talvez meu irmão tivesse percebido e, por isso, estivesse agindo feito um mala total.

Ou, talvez, seja simplesmente como irmãos mais velhos agem quando o sujeito que partiu o coração da irmã mais nova resolve dar as caras do nada.

— É só que — começou Mike — você tem parecido realmente, hum, melhor nesses últimos tempos, e não quero...

— Saia da frente — interrompi — ou vou te machucar feio.

Ele saiu da frente, e eu apanhei as chaves.

— Volto já — informei, deslizando por entre a porta e Ruth, que me encarou de forma compreensiva com suas novas lentes de contato. Ela desistira de usar óculos mais ou menos na mesma época que desistira da dieta de baixa gordura e a substituíra por uma rica em proteínas.

— Pensei que a gente fosse comer pizza — gritou Skip, atrás de mim.

Eu já tinha me juntado a Rob no corredor.

— Guarde um pedaço pra mim — retruquei.

Então Rob e eu seguimos em direção à escada.

Capítulo 3

Nova York não é como Indiana.

Bem, você provavelmente sabe disso.

Mas o que quero dizer é que não tem mesmo NADA a ver com Indiana. Na cidade de onde venho, ninguém caminha até lugar algum. Bem, a menos que você seja minha melhor amiga, Ruth, e queira perder peso. Aí talvez você vá andando a algum lugar.

Em Nova York, se faz tudo a pé. Ninguém tem carro ou, se tem, não o usa, a não ser em viagens para fora da cidade. Isso porque o trânsito é terrível. Todas as ruas ficam entupidas de táxis e caminhões de entrega e limusines.

Fora que não existe lugar aonde você queira ir e o metrô não possa levar. E todo aquele papo sobre o metrô não ser seguro... não é verdade. É só ficar atento e não dar uma de turista otário com a cara enfiada em um mapa e tal.

Mas, mesmo que você seja — um turista, digo —, as pessoas vão parar e tentar te ajudar. Não é verdade o que dizem sobre os nova-iorquinos serem rudes. Não são. Só vivem ocupados e impacientes.

No entanto, se você estiver genuinamente perdido, nove em dez vezes um nova-iorquino vai deixar de lado o que está fazendo para ajudar.

Especialmente se você for uma garota. E educada.

Ao sair na 37th Street com Rob, caiu a ficha: sabe, que de fato não estávamos mais em Indiana. Eu jamais andara com ele antes. Pulei na garupa de sua moto zilhões de vezes. Mas dar uma volta a pé por uma rua ensolarada, com fileiras de árvores, delicatéssens e pizzarias de ambos os lados, pessoas passeando com seus cachorros, entregadores de comida chinesa de bicicleta tentando não atropelar ninguém?

Nunca.

Ele estava em silêncio. Tinha ficado calado durante todos os cinco lances de escada (Ruth e eu não tínhamos como bancar um apartamento em um prédio com elevador, menos ainda com porteiro para anunciar as visitas. E é claro que o interfone estava quebrado, bem como a fechadura do portão da entrada principal).

Aí, em meio àquela multidão que passava apressada na calçada em plena hora do rush, tentando chegar em casa a tempo do jantar, percebi que alguém tinha de falar alguma coisa. Tipo, não dava para ficar simplesmente andando a noite toda em silêncio mortal.

Então falei:

— Tem um restaurante mexicano decente dobrando a esquina.

Ele se limitou a concordar com a cabeça. Soltando um suspiro, tomei a dianteira. Isso ia ser bem pior do que eu tinha imaginado.

Entrando no restaurante, segui direto até minha mesa favorita, a que Ruth e eu dividimos quase todo sábado à noite, enquanto eu caio de boca nos nachos grátis e ela se acaba no guacamole (Ruth enfim tinha conseguido se livrar daqueles vinte quilinhos a mais que vinha carregando desde o sexto ano, cortando tudo o que levava farinha ou açúcar). A mesa fica bem ao lado da janela, então dá para ver a galera esquisita passando lá fora. Afinal, não chamam o bairro de Hell's Kitchen à toa.

— E aí, Jess — disse Ann, nossa garçonete favorita, conforme Rob e eu nos sentamos. — O mesmo de sempre?

— Sim, por favor — respondi, e ela lançou um olhar interrogativo a Rob. Eu sabia o que Ann diria da próxima vez que nos víssemos sem a presença dele: "Quem era o gatinho?"

— Só uma cerveja — pediu Rob, escolhendo uma da extensa carta de marcas listada por Ann. Em seguida, ela foi buscar as bebidas e os nachos.

Ficamos sentados em silêncio por um minuto. Ainda estava cedo para o jantar (as pessoas em Nova York geralmente nem começam a pensar no jantar antes das oito ou nove da noite), portanto éramos os únicos ali, sem contar os funcionários. Tentei me concentrar no que se passava do outro lado da janela, e não em quem se encontrava a minha frente na mesa. Foi um pouco difícil e estranho estar naquele lugar, aonde eu já tinha ido tantas vezes, com a companhia de alguém que eu nunca, em um milhão de anos, teria imaginado.

Rob estava nervoso. Dava para ver pelo jeito como mexia nos talheres da mesa. Logo mais, ia começar a picotar o guardanapo de papel. Ele olhava em volta, notando os sombreiros na parede, as luzinhas decorativas no formato de pimentas malaguetas por todo o bar e as pessoas passando do lado de fora. Olhava para tudo, na verdade, menos para mim.

— E aí — falei. Afinal alguém tinha de dizer alguma coisa. — Como está sua mãe?

Ele pareceu espantado com a pergunta.

— Minha mãe? Bem. Ela está bem.

— Que bom — retruquei. Sempre gostei muito da Sra. Wilkins. — Meu pai comentou que ela pediu demissão um tempinho atrás.

Nessa hora, quis me dar um soco. Porque obviamente o único jeito de saber que a mãe de Rob tinha pedido demissão do restaurante de minha família seria se eu tivesse perguntado a meu pai sobre ela. E não queria que Rob pensasse que eu me importava a ponto de perguntar a meu pai sobre a Sra. Wilkins. Embora tenha feito exatamente isso.

— Pois é — confirmou Rob. — Bem, o que rolou, na real, foi que ela se mudou pra Flórida.

Olhei para ele sem reação.

— Ah, é? Pra Flórida?

— Pois é — respondeu ele. — Com, hum, aquele cara lá. O namorado. Gary. Você conheceu Gary?

Eu tinha conhecido Gary "Simplesmente me chamem de Gary" durante o jantar de Ação de Graças na casa de Rob. Pelo visto, ele não se lembrava do episódio.

Mas eu me lembrava.

Como também me lembrava do que tinha acontecido no celeiro mais tarde. Eu disse a ele que o amava.

E, se não me falha a memória, ele nunca chegou a dizer que me amava de volta.

— A irmã mora lá — prosseguiu Rob. — Minha tia. E a situação estava apertada, sabe, lá em casa. Gary arranjou um emprego melhor na Flórida e a chamou pra ir com ele. Então, ela disse que ia experimentar por um tempo. E gostou tanto que acabou ficando por lá mesmo.

— Ah — falei, porque não sabia o que dizer. Rob morava com a mãe em uma casa de campo bem simpática, antiga e pequena, mas bem-cuidada, afastada da cidade.

Os dois eram bem próximos, para o padrão pais e filhos. Ele meio que a sustentava. Fiquei me perguntando se ele guardava rancor do "Simplesmente me chamem de Gary" por tê-la tirado de sua vida.

— Bem — comentei. O que mais eu poderia dizer? — Fico feliz por ela. Por vocês dois, na verdade. Feliz que as coisas estejam indo tão bem.

— Valeu — respondeu Rob.

Então, Ann apareceu com as bebidas e os nachos e o guacamole. Minha bebida "de sempre" é uma margarita frozen de morango... só que sem álcool, porque não tenho 21 anos. Percebi que Rob me olhou surpreso, e não pude deixar de murmurar:

— É virgem.

— Ah — retrucou ele. Então, após uma pausa, completou: — Tem uma minissombrinha.

— É. — Dei de ombros. Em seguida tirei a minúscula sombrinha de papel, fechei-a e a enfiei no bolso do jeans. Costumo guardá-las. Não sei por quê. — E daí?

— Nada, só nunca imaginei você como o tipo de garota que curte sombrinha no drink — explicou Rob.

— É — repeti. — Bem, sou cheia das surpresas.

Depois disso, ele não fez mais nenhum comentário sobre meu drink. Houve uma ligeira conversa sobre os pratos do dia, mas tanto Rob quanto eu dissemos ainda não estarmos prontos para pedir, e Ann foi embora outra vez, deixando-nos com os cardápios e as bebidas.

Tomei um golinho de minha margarita. Sempre dou goles pequenos para durar mais. As margaritas do Blue Moon (esse é o nome do restaurante) são caras. Mesmo as virgens.

— E seus pais? — perguntou Rob. — Como estão?

Isso era surreal demais. Digo, o fato de estar sentada no Blue Moon com Rob Wilkins, em um diálogo cordial sobre nossas famílias. Como se fôssemos dois adultos. Era tudo meio chocante.

— Estão bem — respondi. Não falei nada além disso. Tipo "ah, por sinal, minha mãe ainda te odeia. E, quer saber, não sei mais se ela não tem mesmo razão".

— Pois é — disse ele. — Encontro Doug de vez em quando.

Doug? Meu irmão detestava quando o chamavam de Doug. O que exatamente estava rolando? Desde quando Douglas tinha ficado tão amiguinho de meu ex?

— Ele me disse que Mike estava passando o verão aqui com você — prosseguiu Rob. — O irmão de Ruth também, pelo visto. Ou ele está só visitando?

— Não, ele vai ficar com a gente até setembro — expliquei. — Os dois estão ficando lá em casa, ele e Mike, enquanto estagiam aqui na cidade. Mas, então, sua mãe vendeu a fazenda? Quero dizer, vendeu quando se mudou pra Flórida?

Esse era meu jeito de perguntar sutilmente qual era SUA situação de moradia. Porque eu estava tentando descobrir o que ele FAZIA ali. Em Nova York, digo. De repente, me toquei de que, talvez, ele tivesse vindo para, sei lá, dar algum tipo de notícia. Tipo, que estava prestes a se casar ou coisa do gênero.

Sei que soa idiota. Quero dizer, para começo de conversa, que importância tinha se ESTAVA MESMO prestes a se casar? Eu era só uma menina a fim dele desde o décimo ano. Ele não me devia explicação alguma, embora eu TIVESSE caído na besteira de dizer que o amava em um celeiro em dado momento.

E por que Rob viajaria até Nova York só para contar à ex-namorada que estava prestes a se juntar com outra? Tipo, quem faz uma coisa dessas?

Mas, sabe, são essas as maluquices que passam pela cabeça de uma pessoa quando ela está com o ex.

— Não — respondeu ele, sacudindo a cabeça. — A fazenda ainda está com a gente. Ou, melhor dizendo, comigo. Eu a comprei de minha mãe, assim como a casa.

O que continuava sem comprovar nada. Sabe, com relação a ele estar ou não saindo com alguém.

— E — comecei, tentando desesperadamente abordar outros assuntos em vez da única coisa sobre a qual eu QUERIA conversar, que era: o que diabos ele estava fazendo em Nova York. — Você ainda trabalha na oficina de seu tio?

— Aham — afirmou Rob, espremendo a fatia de limão que viera com a cerveja através da boca estreita da garrafa. — Só que a oficina não é mais dele. Ele resolveu se aposentar. Aí vendeu.

— Ah — retruquei. Dava para ver que um monte de coisas havia mudado na vida de Rob durante minha ausência. — Bem, deve ser estranho. Sei lá, trabalhar pra outra pessoa depois de tanto tempo trabalhando com seu tio.

— Na verdade, não — disse ele, dando um gole na cerveja. — Porque ele vendeu pra mim.

Eu o encarei.

— Você comprou a oficina de seu tio?

Rob confirmou com a cabeça.

— E a casa de sua mãe.

Ele confirmou outra vez.

Com *que dinheiro*? Eu queria perguntar. Porque, na época que saíamos, Rob nunca estava duro de grana, mas também jamais fora rico. Pelo menos, não rico o suficiente para comprar um negócio bem-sucedido de outra pessoa.

Só que eu não podia perguntar isso. Tipo, com que dinheiro ele tinha comprado a oficina do tio. Porque não tínhamos esse tipo de relação. Não mais.

— E você? — perguntou Rob. — Está gostando da faculdade aqui?

— Está legal — respondi. Não ia contar a verdade, claro. Que eu detestava a Juilliard e que tinha odiado cada droga de minuto desde que começara o curso.

Além disso, ainda estava pensando no que ele dissera. Rob tinha comprado a oficina do tio. Ele tinha apenas 20 e poucos anos e já era dono do próprio negócio.

Igualzinho a meu pai. Sabe, ele também é dono do próprio negócio. De vários, na verdade.

E minha mãe *definitivamente* aprova o tipo de vida de meu pai.

— Doug me disse que você está se saindo muito bem. — Rob começou a mexer nos talheres de novo. — Na faculdade, digo. Primeira flauta da orquestra, ou coisa assim?

— Pois é — afirmei. Mas não mencionei quantas horas por dia eu tinha de ensaiar a fim de manter a posição. Digo, de primeira flauta da Juilliard. — Mas vou dar um tempo no verão.

— Aham — disse Rob. — Doug contou que você e Ruth estão trabalhando em um curso de verão para crianças carentes ou algo assim? De artes?

Douglas, pelo visto, tinha falado demais. Eu teria de telefonar para ele quando chegasse em casa e perguntar exatamente o que ele achava que estava fazendo, comentando tanto sobre minha vida com meu ex.

— Pois é — falei. — É bem maneiro. Eu gosto bastante. Bem mais que tocar na orquestra, na real. As crianças são divertidas.

— Você sempre gostou mesmo de crianças — concordou Rob, sorrindo pela primeira vez desde que eu tinha aberto a porta e dado de cara com ele. Como sempre, ver aquele sorriso mexeu com meu coração. Meio que o fez parar. — Sempre foi ótima com elas.

Houve um momento embaraçoso de silêncio. Não sei no que ele ficou pensando, mas sei que eu estava pensando que as coisas costumavam ser bem melhores quando eu me concentrava só naquilo. Em trabalhar com as crianças. Foi justamente quando aceitei trabalhar encontrando adultos que tudo desandou. Entre nós dois. E, na verdade, para mim individualmente também.

— Meio que é por isso que estou aqui — disse Rob.

Eu o fitei ácida da borda do copo de margarita.

— Hein? Por causa de... crianças?

— Sim, basicamente — retrucou ele.

Sem dizer mais nada, tomei um gole enorme da bebida. E meu cérebro congelou. E eu engasguei.

— Eita — comentou Rob, parecendo preocupado. — Vai com calma, jovem.

— Desculpe — pedi, estremecendo por causa do cérebro congelado. Firmei a ponta da língua contra o céu da boca, pois aparentemente isso cura dores de cabeça provocadas por sorvetes gelados demais, tipo a que tinha me dado de repente.

Mas eu não conhecia cura alguma para a dor que suas palavras tinham provocado. Porque tudo tinha ficado claro. Quer dizer, a razão para Rob estar ali. Ele não estava apenas prestes a se casar. Ia ter também um filho. Tinha de ser isso. E por que não? Era dono de uma casa, assim como de um negócio. Enfim seria o próprio patrão. O próximo passo natural era o casamento e um filho. O que era fantástico. De verdade. Simplesmente fantástico. Eu estava feliz de verdade por ele.

Mas por que Rob tinha sentido a necessidade de ir até Nova York só para me contar isso? Por acaso não podia ter simplesmente me enviado um convite de casamento pelos correios? Teria sido bem mais fácil de lidar do que... com isso. Sabe, ele tinha mesmo de viajar toda essa distância só para esfregar a novidade em minha cara?

— O negócio é o seguinte — começou Rob, debruçando-se um pouco na cadeira. Visivelmente tinha notado que eu já estava suficientemente recuperada da dor de cabeça do frozen. A dor no coração? Essa ainda continuava, mas acho que vinha me saindo um pouco melhor em disfarçar isso que o cérebro congelado. — Sei que as coisas andam... bem, estranhas entre a gente. Você e eu, digo. Nos últimos dois anos.

Estranhas. Foi a palavra que ele usou.

Que seja. Pelo menos, ele se tocou de quanto tempo fazia. Desde que as coisas deixaram de estar tranquilas (nunca foram perfeitas) e começaram a ficar... bem, o que ele disse. *Estranhas.*

— Mas a gente ainda é amigo, né? — Os ombros largos de Rob foram se curvando à medida que ele se inclinava em minha direção. A mesinha à qual estávamos sentados, uma toda decorada com um mosaico de azulejos e que sempre tinha servido perfeitamente para Ruth e para mim, de repente pareceu pequena demais ao ser engolida pelo corpo grandalhão. — Quero dizer... talvez a gente já não seja mais... o que quer que a gente tenha sido.

Certo. "O que quer que a gente tenha sido." Era exatamente essa a definição. Porque o que tínhamos sido de fato? Não tínhamos chegado a ter uma relação de casal, afinal nem tínhamos transado.

Mas eu tinha amado Rob de verdade. Uma parte de mim ainda o amava. Talvez mais que uma parte.

Porque sou uma completa imbecil.

— Mas a gente sempre vai ser amigo, não vai? — insistiu Rob. — Tipo, depois de tudo o que a gente passou junto.

Na hora, pensei que ele estivesse falando das vezes que tínhamos ficado inconscientes na presença um do outro, de tanto termos levado pancadas na cabeça com vários objetos grandes e pesados.

Mas ele logo acrescentou:

— Detenção na Ernie Pyle. Isso cria um laço eterno, né?

Nessa hora, eu sorri. Um sorrisinho mínimo. Mas um sorriso mesmo assim. Porque *era* mesmo meio que engraçado.

— Pois é — retruquei. — É, acho que sim.

— Que bom — disse Rob, recostando-se talvez uma fração de centímetro e relaxando os ombros um pouquinho de nada. — Que bom. Beleza. Então, ainda somos amigos.

— Ainda amigos — reforcei, e tomei outro gole fortificante de margarita frozen. Porque realmente não quero ir a seu casamento. Nem como amiga.

— Então seria tranquilo se eu te pedisse — retomou ele, começando a ficar tenso de novo, o que eu notei pelo jeito como passou a sacolejar uma das pernas por baixo daquela mesinha minúscula. — Como amigo...

Ai, meu Deus. E se estivesse prestes a me convidar para ser a madrinha do filho ou algo assim? Fiquei me perguntando quem seria a mãe da criança. A loira na oficina aquele dia? Nossa. Eu sabia que essa história de que não rolava nada entre os dois era mentira.

— Bem — disse Rob. — É o seguinte...

Respirei fundo... e prendi o fôlego. Sério, sou uma pessoa muito forte. Tipo, já vivi muita coisa nesses meus 19 anos, incluindo ter um irmão esquizofrênico e me meter em várias brigas de soco, desencadeadas por apelidos cruéis colocados nesse irmão, além de ser atingida por um raio, perseguida pelos paparazzi por causa de um superpoder motivado pelo tal raio, enviada ao Afeganistão para ajudar na guerra contra o terror e por aí vai.

Pô, até mesmo aguentei dois semestres de teoria musical na Juilliard, o que, pensando bem, foi quase tão ruim quanto a guerra.

Mas nunca na vida senti tanta necessidade da coragem que eu sabia que me faltava naquele momento em particular. Prendi a respiração quando Rob disse as palavras que eu tanto temia ouvir:

— Jess. Eu vou me casar.

Só que, na verdade, não foram essas as palavras que saíram de sua boca. Em vez disso, o que lhe saiu da boca foi:

— Jess. Preciso que você encontre minha irmã.

Capítulo 4

— Você precisa que eu O QUÊ?
Ele baixou os olhos. Pelo visto, era pedir muito que me encarasse de frente. Em vez disso, ficou olhando fixo para a garrafa de cerveja.
— Minha irmã — repetiu Rob. — Ela está desaparecida. Preciso de sua ajuda para encontrá-la. Sabe que eu não pediria isso, Jess, se não estivesse preocupado de verdade. Doug me disse que você não... bem... não *faz* mais aquilo. Ele me disse que a guerra, sei lá, que a guerra te deixou bastante abalada. E entendo perfeitamente isso, Jess. De verdade.
Então ele ergueu o olhar e me atingiu em cheio com aqueles olhos azuis.
— Mas se houver algum jeito... *qualquer* jeito mesmo. Se pudesse me dar pelo menos uma *pista* sobre seu paradeiro... eu agradeceria muito. E juro que depois disso vou embora e te deixo em paz.
Eu o encarei.

Devia ter adivinhado, claro. Que ele não ME queria. Quero dizer, não que eu tenha alimentado a ideia, desde que abri a porta de casa e o encontrei parado lá, de ser esse o motivo do Rob ter aparecido. Digo, para tentar voltar comigo.

E, admito, foi um grande alívio saber que ele não estava ali para me contar sobre as iminentes núpcias com Karen Sue Hankey, ou sei lá quem. Não que ainda me importasse com o que ele fazia ou com quem se casava.

Só não acho que preciso ficar sabendo.

Mas ter viajado toda essa distância a fim de me pedir para encontrar alguém, mesmo sabendo perfeitamente como toda aquela história de encontrar pessoas desaparecidas tinha mexido comigo...

Ok, beleza, ele não sabia, de verdade, considerando que eu mal falara com ele desde que tudo aconteceu. A guerra. E o papel que desempenhei.

Ainda assim, ele certamente tinha lido alguma coisa nos jornais. Era mesmo muita cara de pau me procurar e pedir...

Então, de repente, me toquei de outra coisa, e o encarei, confusa.

— Mas você não *tem* uma irmã — observei.

— Sim — disse Rob, calmamente. — Na verdade, tenho.

— Como pode ter uma irmã — questionei, soando mais brava do que queria — e nem sequer ter me contado?

— Porque nem mesmo eu sabia de sua existência — retrucou ele. — Até uns meses atrás.

— Como? — Não dava para acreditar nisso. De verdade. Primeiro meu ex aparece na porta de minha casa, e nem mesmo porque quer voltar comigo. Aí, do nada, surge uma irmã perdida na história. Sério, é o tipo de coisa que só acontece comigo. Espere só até os produtores da série de TV ficarem sabendo. — Sua mãe entregou sua irmã para adoção e não te contou? Foi isso?

— Ela não tem parentesco com minha mãe — esclareceu Rob.

— Então como pode ser sua irmã? — Que papo furado era esse? Por acaso ele estava pensando que eu tinha perdido a SANIDADE durante a guerra, e não apenas os poderes paranormais?

— Ela é filha de meu pai — retrucou ele.

Aí eu lembrei. Sabe, que ele também tinha um pai. Não cheguei a conhecê-lo, porque ele abandonou o filho e a mulher quando Rob ainda era um bebê. Rob sempre se mostrara relutante em falar sobre o pai (nem sequer usava o sobrenome paterno, que era Snyder, apenas o materno) até o dia em que me deparei por acidente com uma fotografia e sonhei sobre seu paradeiro.

Que calhou de ser, na falta de uma palavra melhor, a cadeia.

Rob tinha ficado ainda MAIS relutante em falar sobre o pai ao perceber que eu sabia onde ele se encontrava.

Apenas o encarei, sem realmente conseguir entender sobre o que ele estava falando.

— Então... seu pai saiu da cadeia?

Foi a vez de Rob estremecer.

— Não — respondeu ele. E me toquei de que nunca havia, de fato, mencionado isso antes. Sabe. A palavra com C. Sempre tinha sido algo que eu sabia, mas sobre o qual não falávamos, quando éramos... "o que quer que a gente tenha sido". — Não, ele ainda está lá. Mas antes de ser preso, depois que ele e a minha mãe se divorciaram, ele conheceu outra pessoa...

A ficha finalmente caiu.

— Então ela é sua meia-irmã — cortei.

— Isso. — Rob pegou um nacho, com uma porção generosa de guacamole, colocou tudo na boca e mastigou. Era pouco provável que estivesse sequer saboreando a comida. Tinha resolvido comer simplesmente para ter o que fazer com as mãos, que sempre pareceram precisar ter o que fazer desde o dia em que nos conhecemos, fosse isso mexer num motor ou dobrar um livro de bolso ou amarrotar um trapo velho. — Eu não sabia de nada até que ela me escreveu na primavera. Ela não vinha se dando muito bem com a mãe, aí começou a escrever para o pai, e ele contou sobre... sobre mim e minha mãe. Então uma noite ela ligou e... bem. É barra descobrir que você tem uma irmã mais nova cuja existência desconhecia.

— Imagino — falei. Na verdade, não tinha ideia. Só precisava dizer alguma coisa.

— O nome é Hannah — revelou Rob. — Hannah Snyder. Ela é uma garota incrível. Muito engraçada e meio... bem, esquentada. Se parece com você, bastante, na verdade.

Dei um sorrisinho amarelo.

— Que ótimo — comentei. Porque, sabe, essa é exatamente a imagem que quero projetar para o cara por quem sou apaixonada. Engraçada e esquentada, como a irmã caçula. Pois é. Muito obrigada.
Não que eu seja apaixonada por Rob. Quero dizer, não mais.

— As coisas estavam... Hannah disse que as coisas não estavam lá muito boas em casa — prosseguiu ele. — Sabe, com a mãe. Ela estava se metendo em uns lances aí, a mãe de Hannah, que não deveria. Drogas e tal. E homens. — Rob soltou um pigarro e se concentrou em mergulhar outro nacho no guacamole. — Uns caras que, segundo Hannah, faziam com que ela se sentisse desconfortável. Sabe. Tipo, em função de estar ficando mais velha e eles...

— Prestarem atenção nela de maneira indesejável?

— Isso — confirmou Rob. — E eu não achava que aquele era um ambiente muito bom para ela, então comecei a buscar informações sobre o que eu precisaria fazer para me tornar seu guardião legal até que ela completasse 18 anos. Não era como se a mãe a quisesse por perto. Aí, como Hannah estava de férias, a mãe disse que não teria problemas se minha irmã fosse me visitar.

— Aham — falei, embora nem o estivesse ouvindo de fato. Parte de mim se perguntava como Rob achava que existia qualquer possibilidade de conseguir que um tribunal desse a ele a guarda da irmãzinha, considerando que ainda estava em condicional.

Então me dei conta de que ele provavelmente já não estava mais em condicional, pelo que quer que tenha feito. Rob era menor de idade na época, mas agora já não era mais. Aquilo provavelmente constava em registro, já arquivado, e, como ele tinha se tornado dono de um negócio e tinha casa própria, ou seja, era um membro contribuinte da sociedade, o caso não reapareceria para atrapalhar sua vida.

E eu provavelmente nunca, jamais saberia o que ele fizera para ficar em condicional, para começo de conversa.

— Aí, faz uma semana, eu a busquei na casa da mãe em Indianápolis — prosseguiu Rob. — Hannah foi passar as férias comigo. E tudo estava ótimo. Tipo, foi como se a gente tivesse crescido junto e nunca tivesse passado esse tempo longe, sabe? Gostamos das mesmas coisas, carros e motos e *Os Simpsons* e Homem-Aranha e comida italiana e fogos de artifício e... Enfim, foi incrível. Realmente muito bom.

Pela primeira vez desde que tínhamos sentado, suas mãos pararam e ficaram estendidas sobre a mesa quando ele me olhou e disse:

— Mas então, anteontem, eu acordei e ela havia sumido. Simplesmente... sumido. A cama não estava desfeita. Todas as coisas ainda continuam no quarto. A mãe não teve notícias. A polícia não consegue encontrar nenhuma pista. Ela simplesmente. Sumiu.

— Aí você pensou em mim — falei.

— Aí eu pensei em você — disse Rob.

— Mas não faço mais isso. Sabe, encontrar pessoas desaparecidas.

— Eu sei — afirmou ele. — Ou pelo menos sei que é isso que você fala à imprensa. Mas, Jess. Sabe... você costumava falar isso à imprensa antes. Pra ver se saíam de seu pé. Na época que não te deixavam em paz, e isso atrapalhava Doug. E depois de novo, quando o governo ficou insistindo pra você trabalhar com eles. Fingiu nessa época também...

— Pois é — interrompi. Talvez um pouco alto demais, considerando que o casal que tinha acabado de entrar olhou em nossa direção, de um jeito meio estranho, tipo *O que há de errado* com eles? Diminuí o tom de voz. — Só que dessa vez não estou fingindo. *Realmente* não faço mais isso. *Não consigo.*

Do outro lado da mesa, Rob ficou me observando sem piscar.

— Não foi o que Doug disse — informou ele.

— *Douglas?* — Não dava para acreditar nisso. — O que *Douglas* pensa que sabe sobre isso? Acha que meu irmão sabe mais que os trinta mil analistas que o exército me fez ver na tentativa de recuperar meus poderes? Acha que Douglas é algum tipo de especialista em estresse pós-traumático? Ele trabalha em uma loja de quadrinhos, Rob. Amo meu irmão, mas ele não sabe nada sobre isso.

— Talvez saiba mais sobre você que os analistas que o exército te obrigou a ver — argumentou Rob, não parecendo nada impressionado com meu discurso um tanto fervoroso.

— Sei — disparei. — Bem, você está enganado. Parei, beleza? E dessa vez é pra valer. Não é só uma farsa para me tirar da guerra. Acabou. Me desculpe por sua irmã. Eu queria poder fazer alguma coisa para ajudar. E me desculpe se Douglas te deu falsas esperanças. Você não deveria ter vindo até aqui. Se tivesse me ligado, eu poderia simplesmente ter dito isso tudo pelo telefone.

E me poupado de precisar vê-lo de novo, justo quando eu achava que tinha finalmente te esquecido.

— Mas, se eu tivesse telefonado em vez de vir até aqui, não poderia entregar isso a você — explicou Rob, levando a mão ao bolso de trás da calça e pegando a carteira. Não fiquei exatamente surpresa quando ele puxou uma foto, um daqueles retratos de escola, de uma menina muito parecida com ele. A não ser pelo fato de usar aparelho e ter cabelo multicolorido. Sério. Ela usava o cabelo com umas quatro cores diferentes: azul, rosa-shocking, roxo e um amarelo meio Bart Simpson.

— Essa é Hannah — disse ele, conforme peguei a fotografia. — Ela acabou de fazer 15 anos.

Olhei para Hannah, a menina responsável por me trazer Rob de volta.

Embora ele não estivesse ali, é claro, porque queria. Eu sabia. Só estava de volta por causa *dela*.

E porque, segundo Rob, nós dois ainda éramos *amigos*.

— Rob — falei, o odiando um pouco naquele momento. — Já disse. Não tem nada que eu possa fazer por ela. Por você. Me desculpe.

— Tá certo. — Ele assentiu. — Você já disse isso. Olhe, Jess. Não sei pelo que você passou durante a... — Ele se interrompeu antes de dizer a palavra com *G* e continuou:

— ... no ano retrasado. Quando estava... no exterior. Não posso nem fingir que imagino como foi essa experiência. Pelo que Doug diz, quando você voltou...

Ergui o olhar e o encarei. Eu ia matar Douglas. Sério mesmo. O que tinha acontecido em nossa casa depois de meu retorno (os terrores noturnos, como os médicos chamaram) era problema *meu*. De mais ninguém. Meu irmão não tinha nenhum direito de sair por aí falando sobre isso. Por acaso fico comentando sobre o estado mental de Douglas com suas ex? Bem, não, porque ele não tem nenhuma. Ainda namora firme, no entanto, uma vizinha nossa, Tasha Thompkins, com quem está saindo por quase três anos, ao mesmo tempo que ela estuda na Universidade de Indiana de onde vai e volta todo fim de semana para vê-lo.

Mas, se Douglas *tivesse* uma ex, eu não teria conversado sobre suas angústias privadas com ela. Não mesmo.

Rob deve ter notado o rubor de raiva que com certeza se espalhou em meu rosto, porque envolveu minha mão que segurava a foto e disse, em tom suave:

— Ei. Não culpe Doug. Eu que perguntei, tá? Quando você voltou, estava tão... estava... — Ele indicou um pequeno cacto no parapeito da janela, em meio a luzinhas decorativas em forma de pimentas. — Estava que nem aquela planta ali. Coberta de espinhos. Você não deixava ninguém se aproximar...

— Como você saberia? — questionei, afastando a mão com ódio e deixando a foto cair na mesa. — Você estava tão ocupado com a "Miss obrigada por consertar meu carburador" que estou até surpresa que tenha reparado em alguma coisa.

— Ei! — exclamou ele, parecendo magoado. — Pega leve. Eu te falei que...

— Vamos ao que interessa, Rob — interrompi, com voz trêmula. De tanta raiva, quis me convencer. Não havia outra razão além dessa. — Você quer que eu encontre sua irmã. Tudo bem. Não posso encontrá-la. Não posso encontrar mais ninguém. Agora você sabe. Não é mentira. Não é uma fachada para que me deixem em paz. É real. Não sou mais a Garota Relâmpago. Mas não tente me agradar fingindo ser compreensivo. Não é necessário e não vai funcionar.

Visivelmente sentido, ele me encarou com choque.

— Não estou fingindo ser compreensivo, Jess — disse ele. — Não sei como é capaz de dizer uma coisa dessas pra mim; não depois de tudo o que a gente passou jun...

— Nem comece — interrompi, erguendo uma única mão, espalmada, e fazendo o gesto universal de "Pare". Ou de "Conversa com a mão". — Você só parece se lembrar de tudo o que a gente passou quando quer alguma coisa de mim. No resto do tempo, simplesmente esquece tudo de forma bem conveniente.

Rob ainda abriu a boca para dizer algo, provavelmente para me contestar, mas não conseguiu porque Ann apareceu à mesa e perguntou, preocupada:

— Tudo certo aí, pessoal?

Então percebi que o único casal além de nós no restaurante nos espiava sorrateiramente por trás dos cardápios.

Acho que nossa conversa acabou ficando MESMO um tanto calorosa.

— Tudo ótimo — respondi, com uma cara deplorável.

— Será que você poderia trazer a conta?

— Claro — disse Ann. — Já volto.

No instante que ela deu as costas, Rob apoiou os cotovelos na mesa e se inclinou para a frente, roçando os joelhos nos meus e mantendo os dedos apenas alguns centímetros afastados de onde estava minha mão e a fotografia, então disse em voz baixa:

— Jess, entendo que passou por algo terrível no ano retrasado. Entendo que estava sob uma pressão inacreditável e que viu coisas que ninguém em sua idade, nem em qualquer idade, deveria ver. Acho incrível que você tenha sido capaz de voltar e levar uma vida minimamente normal. Admiro muito o fato de você não ter surtado completamente. — Aí seu tom de voz diminuiu ainda mais: — Só que tem uma coisa inegável que você parece estar ignorando, Jess, e que pelo visto todo mundo, menos você, consegue ver: você voltou, seja lá de onde, destruída.

Cheguei a tomar fôlego, mas ele seguiu falando, sem parar:

— É isso mesmo — continuou Rob. — E não estou falando sobre você não conseguir mais encontrar pessoas. Estou falando de VOCÊ. O que quer que tenha visto lá, isso acabou com você. Aquelas pessoas, o governo, te usaram até que tivessem sugado tudo o que queriam, até que você não tivesse mais nada a oferecer, e aí te despacharam, com um sorriso e um obrigado. E você voltou. Mas não vamos nos enganar: você voltou destruída. Sem deixar ninguém se aproximar o bastante pra tentar te ajudar. E não estou falando de terapeutas. Estou falando das pessoas que te amam.

Mais uma vez, tentei interrompê-lo. Mais uma vez, ele me deteve.

— E quer saber? — prosseguiu Rob. — Tudo bem. Você já salvou tanta gente que acha que está acima de ser *salva*? Tudo bem, também. Então salve-se a si mesma... se for capaz disso. Mas vamos deixar uma coisa bem clara: você pode até ter sido capaz de encontrar pessoas desaparecidas no passado. Só que nunca foi capaz de ler pensamentos. Então não vem com esse papo de que você sabe o que estou pensando e sentindo, quando de fato não faz a menor ideia do que me vai pela cabeça.

Ele se recostou de volta ao ver Ann se aproximar com a conta.

Fiquei olhando fixo para a fotografia entre nós dois em cima da mesa, sem vê-la de verdade, de tão cega de raiva que estava. Foi o que eu disse a mim mesma, pelo menos. Que eu estava com raiva. Que ousadia! Sinceramente, quem ele pensava que era? Destruída? *Eu?* Eu não estava destruída.

Um caos. Claro. Eu estava mesmo uma bagunça. Quem não ficaria depois de um ano basicamente sem dormir porque, sempre que eu fechava os olhos, ouvia e enxergava coisas que nunca mais queria ter de ouvir nem enxergar de novo?

Mas não deixar que ninguém tentasse me ajudar? Não. Deixei, sim, que as pessoas me ajudassem. As pessoas que *realmente* se preocupavam comigo, pelo menos. Não era isso que eu vinha fazendo ao trabalhar com Ruth no programa de artes para crianças carentes? Deixar que Mike morasse conosco não era exemplo disso? Essas coisas estavam me ajudando. Eu estava começando a dormir de novo. Na maioria das noites, sem ficar acordando.

Não. Não, eu não estava destruída. A parte de mim que um dia foi capaz de encontrar pessoas, talvez. Mas não EU.

Porque, se isso fosse verdade, o que ele estava dizendo, então esses últimos doze meses de distanciamento entre nós, Rob e eu, seriam... o quê? MINHA culpa?

Não. Não, aquilo não era possível.

Rob mexia na carteira para pegar o dinheiro e pagar a conta, sem olhar para mim. Em vez disso, observava pela janela um cara vestido de Sherlock Holmes que passeava com um pug. Costumamos ver esse cara direto em nossa rua. Nós o chamamos de Sherlock Holmes Cover. Ei, estamos em Nova York. Tem de tudo por aqui.

Se Rob notou o boné escocês e o cachimbo curvo de madeira, preferiu não comentar nada. O maxilar saliente estava contraído, como que para se precaver de falar algo mais. Ele tinha tirado a jaqueta jeans, porque o ar condicionado do Blue Moon não era dos melhores. E não pude deixar de reparar no jeito como as curvas definidas de seus bíceps desapareciam pelas mangas da camiseta preta.

Ninguém na Juilliard tem bíceps assim. Nem mesmo os tocadores de trombone.

— Preciso ir — avisei, com uma voz meio estrangulada, e me levantei tão depressa que acabei derrubando a cadeira.

Ele pareceu surpreso.

— Já vai? — perguntou Rob. Então seu olhar recaiu sobre a fotografia em minha mão.

Pois é. Eu a tinha apanhado. Não me pergunte por quê.

— Tenho umas coisas a fazer — expliquei, já me encaminhando em direção à porta. — Eu preciso ensaiar. Se quiser mesmo ser a primeira flauta no outono, pelo menos.

Rob franziu a testa.

— Mas... — Em seguida ele me encarou rapidamente, e ficou de pé também. — Tudo bem, Jess. Como você quiser. Só... escute. Não quero que haja nenhum ressentimento entre a gente, tá? O que eu disse... eu não disse pra te machucar.

Acenei com a cabeça.

— Sem ressentimentos — afirmei. — E... me desculpe por não poder ajudar. Sabe, com sua irmã. Me desculpe por eu não poder... — Não poder o quê? Ser sua namorada de novo? Mas este é exatamente o problema. Ele não tinha me PEDIDO para ser sua namorada.

Jamais o fizera.

— Só me desculpe — completei.

E fui embora do restaurante o mais depressa possível.

Capítulo 5

— Está falando sério? — perguntou Ruth depois de eu ter contado, na privacidade de nosso quarto, porque não queria que Mike e Skip escutassem, o motivo de Rob ter vindo a Nova York. — Encontrar a irmã que ele não sabia que tinha? É muita cara de pau mesmo, viu, depois do jeito como ele te tratou.

— Como foi que ele me tratou? — indaguei. Afinal, a essa altura, eu já estava tão confusa que nem sabia mais o que pensar.

— Como foi que ele te tratou? — Ruth parecia chocada. — Jess, ele estava se agarrando com outra mulher da última vez que o viu.

— Não foi a última vez que eu o vi — retruquei. — A última vez foi quando fiquei espiando Rob do banco de trás de seu carro.

— Eu quis dizer a vez antes dessa — esclareceu ela.

— A vez antes dessa foi quando falei pra ele que a gente devia dar um tempo.

— E — disse Ruth, toda enfática.
— E — repeti. — E o quê?
— E ele *aceitou*. — Ela estava empoleirada ao pé do colchão, os cachos loiros enquadrados pelo sári roxo que decorava a cabeceira da cama, o que dava um toque de "elegância" ao quarto, segundo Ruth. Mas, sinceramente, não fazia ideia de como tornar elegante um quarto que tinha literalmente, tipo, 6 metros quadrados, uma única janela na qual tínhamos colocado uma grade de metal para que ladrões não entrassem, e uma cota de baratas muito acima do aceitável à vista.

— Ele só fez o que eu pedi — observei. — Olhe, ele não é um cara tão ruim assim. Tipo, eu era perdidamente apaixonada por ele na escola. Rob podia ter tirado proveito disso. Mas nunca tirou.

— Porque ele não queria ir pra cadeia — retrucou Ruth.

Fiz uma careta.

— Obrigada por dizer isso.

— Ah, Jess, me desculpe — lamentou ela. — O que quer que eu diga? Que ele era um cara fantástico? Um partidão? Não era. E não estou nem aí se ele tem o próprio negócio agora. Ainda é o cara que deixou você ir embora quando mais precisava dele.

— Ele disse que tentou — comentei. — Ele disse que eu estava que nem um cacto quando voltei, coberta de espinhos, e que não deixava ninguém se aproximar. Além do mais, sabe... tinha minha mãe.

Esse é o lado bom de ter uma melhor amiga. Não é preciso nem elaborar. Ruth sabia exatamente o que eu queria dizer.

— Se ele se preocupasse com você de verdade — respondeu ela —, não teria se importado com os espinhos. Nem com sua mãe.

Refleti sobre o assunto. A questão é: não tenho certeza. Acho que ambas as coisas podem ter parecido bem intimidadoras, especialmente para um cara como Rob, que, por tanto tempo, nunca teve quase nada na vida... a não ser o próprio orgulho.

E tenho quase certeza de que, tanto minha independência obstinada quanto o desdém de minha mãe, acabaram ferindo isso... talvez até irremediavelmente.

Embora...

— Ele disse que sou *eu* quem está destruída — murmurei. — Ele disse que ninguém pode dar um jeito em mim senão eu mesma, porque não deixo ninguém me salvar.

— Ah, então quer dizer que ele virou psiquiatra agora? O que foi que *ele* ficou fazendo no último ano? — perguntou Ruth, com sarcasmo. — Assistindo a *Oprah*?

Soltei um suspiro, então deixei o corpo cair de costas no colchão, que estava forrado com uma colcha marrom sem graça, comprada em um bazar da Third Street. Eu não tinha feito nada para deixar o quarto mais elegante. A parede acima de minha cama estava vazia. Fiquei olhando para o teto rachado e com a pintura descascando.

— Só pensei — falei mais para rachaduras no teto que para Ruth — que vir pra cá me faria feliz.

— Você não está feliz? — perguntou ela. — Parecia feliz hoje, quando mostrou àquela criança como respirar pelo diafragma.

— É — afirmei. — Essa parte me faz feliz. Mas a faculdade... — Deixei que minha voz fosse sumindo.

— Ninguém gosta de estudar — comentou Ruth.

— Você gosta.

— Beleza, mas eu não sou normal. Pergunte a Mike. Tá, ok, ele também não é normal. — Tive de me segurar para não mencionar o quanto Ruth e Mike pareciam ter coisas em comum nos últimos tempos. Tipo, os dois tinham sido tão ultrageeks na escola que acabaram se "encontrando", ou encontrando seu verdadeiro eu, na faculdade.

E eu teria de ser cega para não perceber os olhares furtivos que às vezes via Mike lançando a Ruth quando ela estava de baby-doll, tentando driblar o calor nova-iorquino. Isso sem falar nos olhares que ela às vezes lançava quando ele saía do banheiro só de toalha e tal.

Era meio revoltante, na verdade. Sabe, meu irmão e minha melhor amiga. Eca.

Mas, ei, se eles estavam felizes com isso...

— Skip — lembrou Ruth, radiante. — *Ele* detesta estudar.

— Porque estudar é só uma coisa pela qual ele tem de passar até que consiga começar a ganhar aqueles cem mil por ano — argumentei.

— Verdade — concordou ela, com um suspiro. — Mas só estou dizendo: a maioria das pessoas não gosta de estudar, Jess. É um mal necessário até chegarmos aonde queremos.

— Mas o problema é justamente esse — retruquei. — Não sei onde quero chegar. E o pouco que sei... bem, não envolve tocar em uma orquestra, digamos assim.

— Mas você gosta de ensinar — disse ela. — Sei que gosta, Jess. E ter um diploma da Juilliard vai contribuir bem mais nesse sentido que não ter diploma algum.

— É — concedi.

Eu sabia que Ruth tinha razão. E a verdade era que eu parecia viver o sonho de muitos musicistas. Afinal, estava na cidade de Nova York, frequentando uma das melhores faculdades de música do mundo. Dispunha de instrutores que eram internacionalmente famosos pelas habilidades. Passava o dia inteiro imersa na música que eu adorava, fazendo o que eu mais amava fazer: tocar flauta.

Era para eu estar feliz. Eu tinha agarrado a chance quando ela apareceu, porque sabia que era o tipo de chance que *deveria* me fazer feliz.

Então por que eu não me sentia assim?

Alguém deu uma batidinha na porta, e Ruth convidou:

— Entre.

A cabeça de Mike apareceu na fresta.

— Isso por acaso é uma festinha particular — perguntou ele — ou qualquer um pode entrar?

Ruth me olhou de esguelha.

— Entre, fique de fora, tanto faz. Não me importo — respondi.

Meu irmão entrou. Reparei quando ele desviou o olhar do sutiã madrepérola de Ruth, estendido no radiador. Reparei também que ela notou o olhar e corou.

Ah, pelo amor de Deus, eu queria resmungar. *Será que dá para vocês simplesmente se pegarem de uma vez e poupar o resto da humanidade?*

— Então, Skip e eu estávamos conversando — disse Mike, e vi que Skip tinha entrado de fininho logo atrás.

— Pois é — emendou Skip. — E, se você quiser, Jess, a gente dá uma surra em Rob por você.

Esparramada em minha cama, fitei os dois.

— Vocês dois estão se oferecendo pra dar uma surra em Rob Wilkins?

— Isso — respondeu Skip.

— Bem, não seria exatamente uma surra — disse Mike, lançando um olhar ao amigo. — Mas a gente levaria um papo com ele. Falaria pra ele te deixar em paz. Se você quiser.

— Isso é tão fofo, meninos — respondi, a despeito de mim mesma.

— Vocês enlouqueceram? — perguntou Ruth. — Ele acabaria com os dois com uma das mãos amarrada às costas.

— Ah, pera lá — retrucou Skip. — Ele não é *tão* casca-grossa assim.

— Skip — começou Ruth —, uma vez a gente já teve de te levar pro pronto-socorro só porque tinha entrado uma farpa de meio centímetro embaixo de sua unha e você não parava de chorar.

— Ah, qual é — argumentou ele. — Eu só tinha 12 anos.

— Aham — rebateu Ruth. — Sabe o que caras como Rob Wilkins faziam com 12 anos? Amassavam latas de cerveja contra a própria testa, tá?!

— Ninguém precisa dar surra alguma em ninguém por minha causa — falei para evitar uma briga entre irmãos. — Estou bem. De verdade. Agradeço a preocupação.

— Então o que você vai fazer? — perguntou Mike.

— Sobre o quê? — indaguei. — Rob?

Ele fez que sim.

Eu dei de ombros.

— Nada. Tipo, não tem nada que eu *possa* fazer. Não tenho como encontrar sua irmã, mesmo que quisesse.

— Como sabe? — perguntou meu irmão.

Tanto Ruth quanto eu nos viramos para encarar Mike, como se ele tivesse perdido o juízo.

— É sério — disse ele, a voz falhando. Então limpou a garganta. — Escute, faz o que, um ano que você não tenta encontrar alguém? Como sabe que não recuperou seus poderes? Você tem dormido a noite toda ultimamente.

Todo mundo, inclusive eu, ficou encarando o chão surrado de madeira. O fato de que eu costumava acordar todos no apartamento, berrando de pavor com uma frequência semirregular, era algo que jamais tinha sido mencionado antes por consentimento mútuo.

— Bem — disse Mike, indignado. — É verdade. Você parece estar melhor desde que começou a trabalhar com...

— Pode parar — interrompi na hora.

Ele se mostrou confuso.

— Por quê? É verdade. Desde que começou a...

— Não fale em voz alta — comentei — que vai dar azar.

Eu não sabia se isso era mesmo verdade ou não. Mas não queria arriscar. Fazia um bom tempo que eu não tinha um pesadelo. Durante todo o verão, praticamente. E queria manter as coisas assim.

— Mas só porque ela está conseguindo dormir de novo não quer dizer que tenha recuperado você sabe o quê — argumentou Skip.

Ruth o encarou.

— Skip — disse ela. — Cale a boca.

— Você sabe o que eu quero dizer — retrucou ele. — O poder. Sabe. De encontrar as pessoas.

— Skip — repetiu Ruth.

— E se ela o recuperar mesmo? — insistiu Skip. — Isso significa que vão obrigá-la a trabalhar para eles de novo, né? O governo? Ou o FBI, ou sei lá quem. Né? E aí o que Ruth vai fazer, hein? Achar uma nova colega de quarto?

— SKIP!

— Só estou falando: se ela tiver recuperado as habilidades, por que sequer se preocuparia em estudar e tal quando poderia estar nadando em dinheiro, oferecendo os serviços como...

— CALE A BOCA, SKIP! — gritaram Mike e Ruth juntos.

Ele se calou, mas um tanto na defensiva.

— Vamos — disse Mike ao amigo. — Está passando *CSI*.

— Odeio essa série — resmungou Skip. — É só a gente olhar pela janela e dá para a gente *viver* essa série.

— Então a gente assiste a outra coisa, beleza? — Meu irmão sacudiu a cabeça enquanto levava Skip para fora do quarto. — Não está vendo que elas querem ficar sozinhas?

— Quem? Ruth e Jess? Por quê?

A porta se fechou conforme Mike tentava explicar o porquê a Skip. Então Ruth se virou para mim.

— Tem certeza de que está bem mesmo? — perguntou ela, soando preocupada.

— Tenho, sim — garanti, pegando a foto de Hannah outra vez e a examinando.

— Não acredito que ele tinha uma irmã todo esse tempo — comentou Ruth — e nem sequer sabia disso. E que quer mesmo... o quê? Adotar a menina?

— Ser o guardião legal — completei. — Pelo visto a mãe é viciada em crack, ou sei lá.

Ela soltou um suspiro.

— Ainda bem que vocês terminaram. Né? Porque ele parece estar em uma situação complicada demais. Com uma irmã adolescente desaparecida e tal. Acredite em mim, Jess, você não quer estar envolvida nessa história.

— É, sei lá — comentei. — Acho que não.

Ruth revirou os olhos.

— Ai, meu Deus — disse ela. — Não vai me dizer que ainda ajudaria Rob. Tipo, se ainda fosse capaz. Depois de como ele te tratou.

— Eu não estaria ajudando Rob — rebati. — Estaria ajudando a irmã. Hannah.

— Certo — disse Ruth, em um tom sarcástico. Então ela se levantou para se preparar para dormir.

Certo.

Capítulo 6

Às oito em ponto da manhã seguinte, bati à porta do quarto 1520 do Hilton, na 53rd Street.

Rob abriu a porta com os olhos ainda vermelhos, envolto no edredom da cama de hotel e com o cabelo escuro todo desgrenhado de um jeito bem curioso.

— Jess — disse ele, atordoado ao me ver. — O que você... como foi que...?

— Belo penteado — zombei.

Ele levou as mãos à cabeça e tentou assentar alguns tufos.

— Espere — disse ele. — Como me achou aqui?

— Liguei para sua casa — respondi. — Por quê? Estava tentando passar despercebido? Porque Chick me contou, com todo prazer, onde você estava hospedado.

— Não — retrucou Rob. — Tudo bem. Pedi ao Chick ficar por lá para o caso de Hannah aparecer enquanto eu estivesse fora. Eu só... desculpe. Ainda estou meio sonolento. Venha. Entre.

Eu o acompanhei quarto adentro. Não era espaçoso. Nenhum quarto de hotel em Nova York o era (que eu tenha visto, pelo menos). Mas era um quarto bom. Rob obviamente vinha ganhando uma nota com a oficina nos últimos tempos, só assim para dar conta de bancar um lugar assim.

— Quer tomar café da manhã? — perguntou ele, ainda zanzando de um lado para o outro, o edredom se arrastando, como a cauda de um vestido de noiva. — Posso pedir umas panquecas se quiser. Ah, e tem uma cafeteira aqui. Quer um pouco de café?

— Pode ser — respondi. — Mas seria mais simples tomar no aeroporto.

Do cantinho onde se encontrava a cafeteira, ele me lançou um olhar surpreso.

— Aeroporto? — repetiu Rob.

Era difícil não reparar no quanto ele estava fofo, assim recém-saído da cama. Mesmo com aquele cabelo. Mantinha o quarto arrumado também, apesar de se tratar apenas de um quarto de hotel. A jaqueta jeans estava até pendurada em um daqueles cabides que não saem do armário.

— Aeroporto — reiterei. — Quer que eu encontre sua irmã ou não?

Ainda parecendo meio perplexo, ele disse:

— Bem, claro. Mas pensei que...

— Então preciso voltar para Indiana com você.

— Mas... — Confuso, ele tinha soltado um pouco o edredom, e tive a chance de dar uma espiada no peito nu. Foi um alívio ver que, mesmo sendo um homem de negócios responsável, ele ainda cultivava o tanquinho.

— Mas achei que você tinha dito... quero dizer, ontem você me disse...

— Sei o que eu disse ontem — interrompi.

— Mas...

— Não fale nada, beleza? — Percebi que estava me abraçando, os braços cruzados sobre o peito. Então deixei minhas mãos caírem. — Só vamos logo.

Rob passou uma das mãos pelo cabelo de fios grossos, o que só piorou o problema dos tufos desgrenhados. E também fez com que o edredom deslizasse ainda mais, de modo que pude ver o elástico de sua Calvin Klein.

— Tudo bem. Mas... — Ele me encarou. Ter aqueles olhos azul-acinzentados concentrados em mim, tão perscrutadores, tão penetrantes, foi quase além do suportável. Tive de olhar para o chão em vez de fitá-lo. — Você sabe onde ela está?

— Realmente não quero conversar sobre isso — avisei. — Será que a gente não pode simplesmente ir?

Mas Rob não conseguiu deixar por isso mesmo.

— Sinceramente, Jess — disse ele. — Não foi minha intenção... Quero dizer, pensei que essa coisa toda de você não ser mais capaz de encontrar as pessoas fosse só um jeito de se livrar da obrigação de trabalhar para aquele tal Cyrus. Como da última vez. Eu não sabia que era pra valer. Não quero que faça nada se ainda não se sentir preparada. Não quero... atrapalhar essa nova vida que você construiu.

Meio tarde demais pra isso, não? Foi o que me deu vontade de comentar.

Mas qual seria o sentido? Ele obviamente já se sentia mal o suficiente. Não havia razão para esfregar na cara.

O que não quer dizer que eu não estivesse contente por ele se sentir mal. Ele tinha mais é de se sentir mal *mesmo* depois de tudo o que me fez passar. Eu não tinha nenhuma intenção de mencionar que ter acordado, uma hora antes, sabendo o paradeiro de sua irmã, depois de mais de um ano sem ser capaz de encontrar nem os sapatos, quanto mais outro ser humano, tinha me entusiasmado além das palavras. Tipo, aquilo não tinha nada a ver com ELE, na verdade. Só significava que eu estava finalmente começando a me curar, depois de tudo pelo que passara. Só isso.

E que talvez Mike tivesse razão. Realmente, desde que tinha começado a trabalhar com aquelas crianças do programa de artes de Ruth, eu tinha passado a ter sonhos de novo em vez de ficar me debatendo a noite toda, perdida em meio à agonia de um pesadelo sem fim.

— Olhe só — falei para Rob, em tom de voz bem ríspido. Afinal, não é como se eu fosse deixá-lo saber daquilo tudo. — Você quer sua irmã de volta ou não?

— Quero — respondeu ele, reiterando vigorosamente com a cabeça. — Claro.

— Então, sem mais perguntas — retruquei. — Só faça o que estou dizendo.

— Tudo bem — concordou Rob, alcançando o telefone. — Tudo bem, vou ligar e reservar um lugar pra você em meu voo de volta. A gente parte assim que eu tomar um banho.

— Maravilha! — exclamei.

E fiquei observando enquanto ele discava, perguntando a mim mesma (pela centésima vez naquela manhã) que droga era aquela que estava fazendo. Será que realmente queria me envolver naquilo? Quero dizer, o progresso que já tinha alcançado, só por ser capaz de identificar o paradeiro de Hannah, era incrível. Os analistas de Washington estariam jogando as mãos aos céus de tanta alegria caso soubessem, e dizendo que tinha sido um avanço. Por que então eu buscava forçar a barra, indo COM ele encontrá-la? Eu podia simplesmente repassar o endereço e pronto. Lavaria as mãos quanto ao resto. Trabalharia com Ruth, ensinando a mais crianças que existem outras coisas na vida além de videogames e pizza.

Só que por uma hora na última noite, antes de conseguir pregar os olhos, eu tinha ficado lá deitada na cama, pensando sem parar no que ele tinha dito. Aquela parte sobre eu estar destruída. E se ele estivesse certo? Eu tinha quase certeza de que ESTAVA. Parte de mim *tinha* realmente voltado do exterior... diferente. Destruída, talvez seja essa a palavra mesmo.

E não só a parte de mim que sabia como encontrar pessoas enquanto eu dormia.

Talvez eu TENHA sido um pouco precipitada ao condená-lo por causa da garota "Peitos tão grandes quanto minha cabeça". Não restava dúvidas de que nós jamais tínhamos dado certo como casal, Rob e eu. Primeiro a diferença de idade, depois as diferenças culturais e, finalmente, o fato de que sou uma grande aberração biológica tinham se colocado entre nós.

Mas ainda podíamos ser amigos, como ele dissera. E amigos se ajudam. Né?

Notei que Rob não me fez pergunta alguma no caminho até o aeroporto. Estava seguindo meu conselho ao pé da letra: agindo, sem questionar. Após passarmos pela segurança aeroportuária, ele comprou para mim um pão com ovo e salsicha (café da manhã dos campeões) mais um suco de laranja, e, para si, um troço feito com waffles. Então comemos em silêncio na praça de alimentação lotada e barulhenta do LaGuardia.

Talvez, pensei comigo mesma, *ele ainda não esteja totalmente acordado. Talvez não saiba direito o que pensar sobre minha mudança repentina de atitude em relação a ele e a seu problema.*

O que não era tão improvável, na verdade. Nem eu mesma sabia direito o que pensar.

Ruth, no entanto, parecia achar que sabia, pois tinha se virado na cama às seis, assim que nosso despertador tocou, dado uma espiada em mim, que encarava o teto como vinha fazendo desde as cinco, e dissera:

— Droga. Voltou, não foi?

Eu não tinha tirado os olhos do teto. Há uma rachadura lá que se parece muito com um coelho, igualzinho ao daqueles livros sobre um texugo chamado Frances que eu adorava quando era criança.

— Voltou — respondera eu em voz baixa, para não acordar os meninos.
— Bem — tinha retrucado Ruth. — O que vai fazer? Ligar para Cyrus Krantz?
— Hum. *Não.*
— Ai, meu Deus. — Ela havia se apoiado em um dos cotovelos. — Você vai voltar pra casa com ele, não vai? Com Rob, digo.
Tirando os olhos do teto, eu a tinha encarado sem reação.
— Como você sabe?
— Porque te conheço — dissera ela. — E sei como você funciona. Nunca se dá por satisfeita. Não consegue apenas salvar o mundo. Precisa controlar cada mínimo aspecto do processo. É por isso — tinha acrescentado Ruth, cansada, girando as pernas no ar e se sentando na cama — que você daria uma super-heroína meia-boca. Porque iria querer ficar lá depois de salvar todo mundo pra se certificar de que todos estavam tranquilos com o que você tinha acabado de fazer em vez de simplesmente sair voando em direção ao pôr do sol, como deveria.

Que bom saber que podia contar com o apoio dos amigos, eu dissera, com sarcasmo. Ao que Ruth havia respondido com o bom humor matinal de costume:
— Ah, cale a boca.
— Diz aos meninos que volto em alguns dias, tá? — Eu tinha pedido.
— Você não vai voltar — dissera Ruth.
Então eu a havia encarado.

— Do que está falando? É claro que vou. Volto daqui a uns dois dias.

— Você não vai voltar — reiterara Ruth. — Não estou dizendo que isso é ruim. Pra você, provavelmente não é. Mas admita, Jess. Você não vai mais voltar.

— Oi? Acha que vou MORRER rastreando o paradeiro da irmã fugitiva de Rob Wilkins?

— Não, não vai morrer — tinha dito ela. — Mas talvez acabe se deixando ser salva, no fim das contas.

— O que quer dizer com isso?

— Você vai descobrir — retrucara ela, um tanto sorumbática.

Não deixei que a negatividade de minha amiga em relação à coisa toda me atingisse. A verdade é que o humor de Ruth nunca foi dos melhores pela manhã.

Há voos de Nova York para Indianápolis a cada poucas horas, partindo de LaGuardia. Rob havia conseguido me colocar no voo que ele próprio planejara pegar. Não era um avião grande, tipo aqueles que costumavam transportar passageiros de Nova York a Los Angeles. Depois do 11 de Setembro, as companhias áreas reduziram a capacidade, então o voo de Nova York para Indiana é um daqueles aviões menores que a pessoa tem de andar na pista até embarcar. São só trinta lugares, no máximo. E os assentos são bem apertados, para dizer o mínimo. Rob tinha nos colocado um do lado do outro, sem me perguntar, quero deixar claro, se era isso que eu queria. O voo não estava cheio, e havia várias fileiras vazias mais ao fundo onde eu poderia ter me sentado e esticado um pouco as pernas. Quero dizer, mais ou menos, né?

Mas eu disse a mim mesma que éramos amigos agora, e que amigos se mantêm unidos. Certo?

Foi uma viagem rápida. Eu mal tinha terminado de ler a revista de bordo quando iniciamos a aterrissagem. Rob só levava uma bagagem de mão, assim como eu, por isso nem tínhamos precisado esperar até que as malas fossem descarregadas. Saímos e fomos direto ao estacionamento.

Aí eu vi que ele tinha ido ao aeroporto em sua Indian.

— Foi mal — desculpou-se ele, quando viu minha cara. — Eu não sabia que você voltaria comigo. A gente pode alugar um carro se quiser.

— Não — retruquei. Era ridículo que a imagem daquela motocicleta me fizesse surtar tanto assim. — Tudo bem. Ainda tem aquele capacete extra?

Ainda tinha, claro. O mesmo que costumava me emprestar quando nós éramos... bem, o que quer que tenhamos sido naquela época. Coloquei o capacete e, então, montei na garupa, envolvendo sua cintura com os braços e tentando não notar o quanto ele cheirava bem, uma mistura de sabonete do Hilton e qualquer que fosse o sabão em pó que a mãe, quero dizer, que *ele* vinha usando.

Era estranho estar de volta a Indiana. A última vez que tinha visitado fora durante o recesso da primavera. Os botões das flores que tinham acabado de começar a brotar naquela ocasião já se encontravam florescidos em pleno solstício de verão. Tudo estava viçoso e verdejante. Para onde quer que se olhasse, havia verde na paisagem. Até existem áreas verdes em Nova York; há fileiras de árvores quase em todas as ruas. Mas a cor predominante é o cinza, a cor das calçadas e do asfalto e dos edifícios.

Em Indianápolis, para onde quer que eu olhasse, tudo o que via era o verde, alastrando-se no horizonte até se encontrar com um céu que chegava a doer na vista de tão azul e límpido.

Não tinha me dado conta, até então, do quanto sentia falta daquilo.

Do céu, digo. E de todo aquele verde.

Quando enfim alcançamos os arredores da cidade, uma hora mais tarde, vi que outras coisas além dos botões de flores tinham mudado desde a última vez que eu estivera ali. O Chocolate Moose já não existia mais, pois tinha sido comprado pela rede de lanchonetes Dairy Queen. Mesmo estabelecimento, nova fachada.

Quando paramos no sinal vermelho em frente ao tribunal, Rob se virou para me perguntar:

— Pra onde?

— Minha casa — gritei de volta, mais alto que o ronco do motor. — Preciso deixar minhas coisas lá.

Ele assentiu e disparou em direção à Lumbley Lane.

E logo pude ver que até a casa onde eu crescera parecia diferente, embora a única coisa que, de fato, havia mudado era a cor das molduras, que minha mãe tinha resolvido pintar de branco por cima do creme original.

Mas o lugar em si parecia... menor, de certa maneira.

Rob dobrou na entrada de casa e desligou o motor. Pulei da garupa e tirei o capacete para devolver a ele.

— Te ligo mais tarde — avisei. — Você vai estar em casa ou na oficina?

Rob tinha tirado o capacete e me encarava de forma estranha, como se achasse que tinha feito alguma coisa errada, só não sabia o quê.

Bem-vindo a meu mundo.

— E se... — começou ele.

— Já disse que te ligo. — Eu não sabia como fazer para que ele entendesse minha necessidade de solidão na etapa seguinte.

Rob me pareceu um pouco irritado ao enfiar o capacete de volta à cabeça.

— Tá certo — disse ele. — Ligue pra minha casa. Vou estar lá. É melhor eu checar pra ver... sei lá, talvez ela já tenha voltado a essa altura.

— Ela não voltou — retruquei.

Rob ficou me analisando através do visor de plástico do capacete. Havia algo que ele queria dizer. Era óbvio.

Mas pareceu ter pensado e decidido que era melhor dizer, no lugar:

— Beleza. Te vejo mais tarde.

Então ele deu meia-volta e partiu...

... assim que a porta telada da varanda se abriu com um rangido e meu pai surgiu, perguntando:

— Jess? O que VOCÊ está fazendo aqui?

Não contei a verdade a eles. A minha família, digo. Que eu estava lá por Rob, *nem* que tinha recuperado meu poder... por enquanto.

Claro, tudo o que precisavam fazer era ligar para Mikey, que acabaria cedendo sob pressão, embora eu tivesse deixado instruções de que não dissesse a ninguém uma palavra sequer sobre a visita de Rob OU sobre minha habilidade aparentemente rejuvenescida de sonhar.

Mas eu sabia que ainda levaria um tempo até que Mike sucumbisse à pressão de contar alguma coisa. Especialmente se quisesse ficar bem com Ruth. O que eu suspeitava ser o caso.

Em vez disso (depois de dar os beijos exigidos por nosso pastor-alemão, Chigger, ao pular em mim morto de felicidade por me ver de novo em casa), me limitei a dizer a meus pais que tinha sentido saudades e, por isso, resolvera aparecer para uma visita breve, usando algumas milhas aéreas. É impressionante o que nossos pais são capazes de engolir desde que estejam dispostos a tanto. Eu sabia que os meus dariam um sermão sem fim caso ficassem sabendo o *verdadeiro* motivo de meu regresso: encontrar alguém desaparecido. Pior ainda, encontrar alguém relacionado a Rob Wilkins... de quem meu pai sempre tinha gostado, na verdade, até eu ter caído na besteira de contar sobre a Miss "Peitos tão grandes quanto minha cabeça". Mesmo assim, ele tinha apenas falado: "Mas, Jess, tem certeza sobre quem estava beijando quem? Quero dizer, se Rob disse que foi ela quem tomou a iniciativa e que ele estava inocente na história, não é justo que você jogue a culpa no rapaz".

Pais. Fala sério. Deviam se limitar a nos dar mesadas.

Minha mãe ficou contente em me ver, mas zangada por eu não ter ligado antes.

— Eu teria organizado um churrasco — disse ela. — Um churrasco de boas-vindas! E teria convidado os Abramowitz e os Thompkins e os Blumenthal e os...

— Aham, não tem problema, mãe — retruquei. — Vou ficar uns dois dias aqui. Então ainda tem tempo de organizar alguma coisa se quiser mesmo.

— A gente poderia fazer um brunch — sugeriu ela, toda empolgada. — No sábado. As pessoas gostam de brunch. Assim, se já tiverem planos para o resto do dia, ainda podem mantê-los depois do brunch.

— Douglas está no trabalho? — perguntei, depois de deixar minhas coisas no quarto e ver que tinham transformado o dele, em frente, em um escritório para o papai, que antes fazia a contabilidade dos restaurantes na mesa da sala de jantar.

— Provavelmente — respondeu minha mãe, enquanto não parava quieta no lugar, falando coisas, tipo, que não tinha trocado minha roupa de cama e como eu deveria ter ligado para que ela pudesse ter lavado tudo antes. — Ou em uma daquelas reuniões do conselho municipal.

— Oi? — Dei um sorriso. — Douglas agora está interessado em política?

Ela revirou os olhos.

— Ao que parece. Bem, não exatamente em política. Você sabe que estão fechando a Pine Heights... — A Pine Heights era a escola primária onde todos nós tínhamos estudado. Ficava a três quarteirões de distância, tão perto que voltávamos para almoçar em casa todos os dias. O prédio tinha sido construído durante a Grande Depressão por trabalhadores contratados pelo Estado ainda na época de Roosevelt. Era antigo o bastante a ponto de ter duas entradas, uma para meninos e outra para meninas.

Ao menos de acordo com as placas antigas, acima das portas. Em minha época de escola, ninguém jamais prestara a menor atenção às sinalizações.

— Não tem mais crianças o suficiente no bairro para preencher as vagas — explicou minha mãe. — Então a direção da escola resolveu fechar as portas. O município quer transformá-la em um condomínio de luxo. Mas Douglas e Tasha (ela era a namorada de meu irmão e filha de nossos vizinhos do outro lado da rua) têm umas ideias grandiosas sobre... Bem, ele vai te contar tudo quando vocês se virem, tenho certeza. Ele só sabe falar sobre isso agora.

— Talvez eu dê uma passadinha na loja pra vê-lo — comentei. — Quero dizer, se você acha que ele está mesmo por lá.

— Provavelmente, sim — disse ela, revirando os olhos. — Ele não faz mais nada da vida. Fora essa história da Pine Heights.

O que não deixava de ser engraçado porque, apenas poucos anos antes, nenhum de nós teria acreditado que um dia Douglas faria algo tão normal quanto manter um emprego. Não fazia tanto tempo assim, na verdade, que todos tínhamos perdido a esperança de Douglas algum dia sequer sair do próprio quarto, quanto mais se sustentar.

— Chame seu irmão para jantar em casa! — exclamou minha mãe, conforme eu saía de casa. — Tasha também! Se ela estiver por lá. Vou pedir a seu pai que asse uma carne.

— Opa! — gritou meu pai do escritório-barra-antigo-quarto de Douglas. — Escutei isso, hein?

Deixei os dois discutindo e fui até a garagem. Ao abrir as portas do tipo celeiro (moramos em uma casa de campo reformada, com quase um século de construção, como a maioria das casas da vizinhança), entrei e achei o que procurava: a Harley '68 azul-bebê que meu pai tinha me dado, conforme prometido, como presente de formatura do ensino médio.

Não que eu tenha especificado um ano ou uma cor. Qualquer moto teria sido boa o suficiente. O fato de meu pai ter comprado uma tão incrível tinha sido só a cobertura de um bolo por si só já bem delicioso.

Ainda assim, por causa de uma coisa ou outra (a guerra e depois a admissão na Juilliard), acabei só conseguindo dar uns dois ou três rolés. Nem sequer ousei levá-la a Nova York, onde teria sido roubada em uma questão de... bem, de um minuto nova-iorquino. Era realmente uma beleza, da cor do céu num domingo de Páscoa: não era bem turquesa, mas também não exatamente cerceta. Eu a adorava com um fervor provavelmente anormal. Quero dizer, para um objeto inanimado.

Mas ela era simplesmente tão perfeita, com aquele assento de couro cor de creme e o brilho do acabamento cromado. Meu pai também tinha me dado um capacete creme para combinar, que eu coloquei depois de arrastar a moto de trás das latas de tinta de minha mãe, usadas para pintar as molduras da casa.

No instante seguinte, já dava partida no motor. Roncou feito o instrumento muito bem afinado que era. Os quatro meses de estagnação não tinham feito a menor diferença na potência daquela belezura.

Então lá estava eu na rua com ela, sentindo a tensão que se acomodara em meu pescoço (basicamente desde a hora em que eu tinha aberto a porta do apartamento e dado de cara com Rob) finalmente começando a dissipar.

Não há nada como guiar uma bela motocicleta para se livrar do estresse.

Mas, em vez de dobrar em direção ao centro, onde ficava a loja de quadrinhos de Douglas, guiei a Beleza Azul (sim, é isso mesmo, eu tinha dado um nome a minha moto. Acho que já entramos em consenso quanto a eu ser estranha) até a parte mais nova da cidade, próxima ao enorme e multimilionário hospital que tinham terminado de construir uns anos antes. Novos edifícios tinham surgido por todos os cantos para acomodar as várias centenas de pessoas que trabalhavam ali.

Não os médicos, claro. Todos eles moravam em meu bairro. Os técnicos e enfermeiros moravam no bairro novo.

Hannah Snyder, como eu tinha descoberto no sonho que tivera, vinha ficando no apartamento 2T no condomínio Fountain Bleu, logo atrás de uma filial da Kroger Sav-On, bem ao lado do hospital. Fiquei surpresa ao ver que realmente havia uma fonte no Fountain Bleu. Era meio tosca, mas ficava lá borbulhando em frente ao edifício de uma maneira até reconfortante. Tudo de que precisava, sinceramente, era uns dois cisnes e seria que nem a verdadeira Fountainebleau na França, ou sei lá onde, em homenagem à qual foi batizada.

Estacionei a moto e guardei o capacete no baú. Então cruzei o estacionamento e bati uma única vez na porta do 2T.

— Quem é? — perguntou alguém com voz de menina.
— Eu — retruquei. — Abre aí, Hannah.

Ela não fazia ideia, claro, de quem eu era. Ainda não, pelo menos.

Mesmo assim, se tem uma coisa que aprendi com o passar dos anos foi que, respondendo *"eu"* quando perguntam quem é, quase sempre faz com que abram a porta, pois a pessoa do outro lado imagina ser *ela* a idiota por não reconhecer a voz.

A irmã mais nova de Rob me encarou por uns bons cinco segundos antes de perceber que não era o "eu" que esperava.

Mas a menina definitivamente me reconheceu. Ainda que nunca tivéssemos sido apresentadas formalmente. Acho que ela estava ligada na história toda. Ou isso ou Rob tinha uma foto minha em algum lugar.

Tudo bem, provavelmente me reconhecia da TV.

Hannah soltou um palavrão sinistro e, parecendo estar em pânico, tentou bater a porta em minha cara.

Só que é difícil bater a porta na cara de alguém cujo pé calçado em uma bota de motoqueiro está na soleira.

Capítulo 7

— É melhor me deixar entrar — aconselhei.
Hannah fez um carão.
Mas largou a porta.
— Não estou acreditando nisso — resmungou ela, enquanto eu abria toda a porta e entrava sem ser convidada no pequeno cômodo com sala e copa, razoavelmente apertado e com paredes nuas. A pintura branca ainda cheirava a tinta fresca, e todos os móveis (um conjunto de couro barato que fedia a algo que tinha custado quase nada) pareciam novos.
— Ele me disse que vocês dois tinham terminado — disse Hannah, com o rosto vermelho e tom de acusação.
— Sim — retruquei. — A gente terminou.
Notei uma tela imensa de TV pendurada na parede. Ela estivera assistindo à mais recente crise familiar no programa do *Dr. Phil*. Fiquei me perguntando se ela se dava conta das semelhanças entre a própria vida e a

daquelas pessoas. Encontrei o controle remoto no sofá e desliguei a televisão.

— Cadê ele? — perguntei.

— Quem?

Hannah tinha começado a chorar. Não acho que era porque estava triste. E, sim, porque se sentia frustrada. E talvez um pouco assustada. Não é nada engraçado quando a maior paranormal dos Estados Unidos vai atrás de você. Especialmente com as botas de motoqueiro.

Acho que Hannah não deve ler jornal com tanta frequência ou teria noção... sabe. Que eu não andava em tão boa forma assim nos últimos tempos.

Pensei em dizer que ela deveria se sentir grata pelo simples fato de eu tê-la encontrado. Foi a primeira pessoa encontrada por mim em mais de um ano. Isso tinha de ser, sei lá, algum tipo de honra.

Só que para ela, provavelmente, não era.

— Você sabe de quem eu estou falando — respondi. — Cadê ele?

— Meu irmão? — Hannah fungou. — Como é que vou saber? Naquela droga de oficina, imagino.

— Não seu irmão — respondi. — Seu namorado.

Hannah arregalou os olhos carregados de rímel em uma tentativa frustrada de parecer inocente.

— Que namorado? — perguntou ela. — Não tenho na...

— Hannah, não viajei mais de mil quilômetros para escutar mentiras. Alguém está pagando o aluguel deste apartamento. Então me diz logo cadê esse cara, ou eu juro por Deus que faço o conselho tutelar aparecer aqui em menos de cinco minutos.

Tirei o celular do bolso para ilustrar bem a seriedade de minha ameaça, embora sinceramente eu não tenha o número do conselho tutelar gravado nos contatos. Eu tinha roubado a fala de *Judging Amy*, uma das séries de TV favoritas de Ruth, que ela me faz rever pelo menos umas cinco vezes por semana. É curiosamente viciante.

Hannah pareceu se tocar de que lutava contra uma força maior que ela, pois fungou e disse com um ar de derrota:

— Ele está trabalhando. Ele é muito importante, tá?

— Aham, aposto que sim — retruquei, sarcástica. — O que ele faz?

— O pai é dono disto aqui — contou Hannah, com uma atitude de "Tomou na cara hein, amiga". — Do prédio todo. Ele ajuda a administrar.

Bem, isso explicava o apartamento.

Mas não o resto.

— Então você descolou um partidão, hein? — comentei. De novo com aquele sarcasmo. — Se ele é mesmo tão incrível assim, por que será que sua mãe não o aprovou? E nem venha tentar me dizer que ela aprovou. Foi por ele ser mais velho?

— Ela é uma escrota — respondeu Hannah do sofá de couro, onde tinha se encolhido toda. Vestia jeans e uma camiseta tie-dyed. Entre a camiseta e o cabelo, que ainda estava pintado de modo a lembrar um sorvete napolitano, ela parecia verdadeiramente um arco-íris de cores. — Tipo, ela leva um cara diferente pra casa praticamente toda semana. Mas aí, quando eu conto de Randy, ela fica histérica!

Fui até a janela e puxei o forro da cortina. Dava para ver o outro lado do bloco. Devia ter mais de cem unidades reunidas ali no Condomínio de Luxo Fountain Bleu. No centro do edifício, havia uma piscina em forma de rim, tão pequena que chegava a dar dó. Uma mãe novinha estava sentada na beirada enquanto os filhos nadavam na parte mais rasa.

— Onde foi que vocês se conheceram? — perguntei, largando a cortina e me virando para Hannah. — Na internet?

Ela fez que sim.

— Num chat sobre mangá — informou ela. — Randy é superfã de mangá. Você sabe o que é mangá, né? — Ela me lançou um olhar dissimulado.

— História em quadrinhos japonesa — respondi, sem nem considerar mencionar que meu irmão possuía uma das maiores coleções de mangá do sul de Indiana. — Pode continuar.

— Bem, ele pediu pra conversar comigo num chat privado, e eu aceitei. — Hannah estava mexendo nos fiapos de uma parte rasgada no joelho do jeans. — E ele era simplesmente... tudo o que sempre sonhei. Ele me chamou pra passar o fim de semana com ele. Mas, quando pedi permissão a minha mãe, ela foi toda, tipo, não.

— Aí você contou a seu irmão mais velho recém--descoberto, que não faz nem ideia das coisas que meninas adolescentes são capazes de fazer pra conseguir o que querem, que os namorados de sua mãe ficavam dando em cima de você. — Eu não precisava de poderes paranormais para saber que tinha acertado em cheio. A verdade estava escrita por todo o seu rosto. — E Rob acreditou e te convidou pra passar um tempo com ele, como experiência. E você o largou pra ficar com esse tal de Randy assim que teve uma chance.

Pelo menos ela se mostrou envergonhada.

— Eu queria contar a Rob onde eu estava — disse Hannah. — Sério, queria mesmo. Mas Randy falou...

— Ah, espere — falei, erguendo uma das mãos para interrompê-la. — Me deixe adivinhar o que ele falou. Randy falou que seu irmão mais velho não ia entender. Randy falou que seu irmão mais velho ia acabar tentando levar pro lado da sacanagem e talvez ligar pra polícia. — Embora fosse mais provável que Rob tivesse simplesmente dado uma surra no cara. — Randy falou que um amor igual ao de vocês dois é algo sagrado e difícil de ser compreendido por nós, meros mortais. Deixei alguma coisa de fora?

Hannah piscou os olhos, parecendo magoada.

— Também não precisa ficar zoando — disse ela. — Só porque as coisas não deram certo entre você e Rob, te deixando essa velha amarga aí, não quer dizer que todo cara no mundo seja babaca.

— Ah — retruquei. — Entendi. Hannah, quantos anos esse Randy tem?

— Bem que ele falou que você ia perguntar isso — comentou Hannah, levantando-se de repente para ir até a cozinha pegar um copo d'água. Mas eu sabia que ela só tinha se levantado para não ter de me encarar de frente. —

Quero dizer, não exatamente você, afinal nunca imaginei que... tipo, Rob falou que vocês tinham terminado. Mas Randy falou que as pessoas iam tentar levar pro lado da sacanagem, só porque ele é alguns anos mais velho que eu...

— Quantos anos mais velho que você, Hannah? — perguntei, o tom de voz sereno.

— Ele tem 27 anos — respondeu ela, apoiando o copo d'água na bancada que imitava granito. — Mas Randy falou que idade não quer dizer nada! Randy disse que a gente já se conhecia de vidas passadas. Ele falou que nosso destino é ficar juntos...

— Hannah — interrompi, em um tom mais duro. — Você tem 15 anos. Ele é doze anos mais velho. Manter relações sexuais com você é, na verdade, ilegal.

— Randy disse que as leis dos homens não reconhecem um amor tão verdadeiro quanto o noss...

— Hannah. Se me disser mais uma coisa que Randy falou, vou enfiar a mão na sua cara. Está me entendendo?

Ela piscou, um pouco surpresa, mas essencialmente ainda arrogante. Pelo menos já estava me encarando de frente.

Levei uma das mãos à cintura e disse:

— Olhe só. Você não é burra. Não pode ser, porque você é parente de Rob. Então por que está se comportando feito a maior idiota de todos os tempos?

Ela chegou a abrir a boca para responder, mas eu a cortei.

— Sabe muito bem que esse papinho sobre vocês se conhecerem de outras vidas não passa de conversa pra boi dormir. Sabe que esse tal de Randy está atrás de você por um único motivo. Por isso que sua mãe não aprovou o namoro, porque ela também sabia. E você sabe que a única razão pela qual gosta de Randy é porque ele te dá presentes e atenção, e te deixa morar neste apartamento maneiro onde você pode ficar vendo televisão o dia todo. Por falar nisso, está um dia lindo lá fora. Por que você não está na piscina?

— Randy disse que...

— Randy falou que era melhor você não frequentar a piscina porque alguém poderia te ver e começar a fazer perguntas. Estou certa? Será que isso não diz o suficiente, Hannah? Se esse tal de Randy amasse você de verdade, ele teria tentado ficar numa boa com sua mãe em vez de a tirar dela. Ele teria esperado você ser maior de idade e aí teria te chamado pra sair, e não escondido você em um apartamento bancado pelo pai. Claro, está tudo maravilhoso agora. Você pode ficar aqui de bobeira, fazendo o que quiser. Mas e quando as férias terminarem no outono? Vai simplesmente abandonar a escola? Ser a escrava sexual de Randy pelo resto da vida? Que baita ambição pra uma garota com sua inteligência, hein?

Ela empinou o nariz diante de meu tom de escárnio. A menina era corajosa, realmente. Não dava para negar.

— Eu odeio minha escola — disse ela, sorumbática. — Só tem gente falsa lá. Randy falou que ia me ajudar a fazer um supletivo a distância...

— Ah, tá. E depois? Faculdade a distância?

— Randy falou...

— Nossa, pare e ouça o que você está dizendo — disparei. — Randy isso, Randy aquilo. Não tem opinião própria, não? Ou simplesmente faz tudo que Randy fala?

— Sim — disse Hannah, já chorando abertamente. E não por medo ou frustração.

— Sim, você tem uma opinião própria? Ou sim, você simplesmente faz o que ele fala?

— Dá pra ver por que meu irmão terminou com você — disparou Hannah, em um súbito tom venenoso. — Você é muito cruel mesmo!

— Ah — retruquei, sorrindo. — Acha que isso é ser cruel? Ainda nem sequer COMECEI. Pegue suas coisas. Agora. Vamos embora já.

Ela me encarou, chocada.

— O quê?

— Pegue suas coisas — repeti. — Vou levar você de volta pra casa de seu irmão. E aí vou ligar pra sua mãe, e nós todos vamos ter uma conversinha sobre o que REALMENTE vem acontecendo na casa dela. E aposto que ela vai dizer que nenhum dos ex-namorados deu em cima de você. E quer saber? Eu acredito.

Hannah parecia tão chocada quanto ficaria uma pessoa que está acostumada a conseguir tudo o que quer ao se tocar, de repente, que as coisas não seriam mais assim.

— Eu... eu não vou a lugar nenhum — gritou ela. — Se tentar me levar à força daqui, Randy... Randy vai te matar!

— Hannah — comecei. — Vou te dizer uma coisa. Acabei de passar um ano trabalhando com a Marinha dos EUA, cuja única função era rastrear e deter homens que treinaram em campos de concentração terroristas. Comparado a isso, um aproveitador de 27 anos chamado Randy, que nem sequer é dono do próprio apartamento, não é NADA pra mim. Está me entendendo? NADA.

O lábio inferior de Hannah estremeceu, e o olhar percorreu o apartamento, como se estivesse procurando alguma coisa para jogar em mim. No entanto, apenas observei calmamente da porta de entrada, onde estava de guarda caso o tal fabuloso Randy resolvesse dar as caras sem avisar.

— Randy não é um aproveitador! — Foi tudo o que ela conseguiu dizer.

— Ainda não — retruquei. — É só dar tempo ao tempo. Tenho certeza de que, com o amor de uma menina como você, ele vai acabar fazendo jus ao potencial.

— Eu... eu te ODEIO — berrou Hannah. — Você não passa de uma ESCROTA! Meu irmão está completamente ENGANADO sobre você! Ele fica falando como se você fosse algum tipo de PRINCESA. Sabia que ele tem um ÁLBUM seu? Pois é, ele tem. Toda vez que sai alguma coisa sobre você nos jornais ou em alguma revista, ele recorta e GUARDA. Deve ter tipo umas dez mil fotos. Nossa, ele nem sequer perde um episódio daquela série IDIOTA sobre você. Chegou até a ME obrigar a ver a série com ele. Só sabe falar o quanto você é sensacional e corajosa e inteligente e engraçada. Eu *morria* de vontade de te conhecer, mesmo que você tenha destroçado totalmente o coração dele. E aí finalmente te conheço e percebo que você não passa de uma pessoa superultraescrota!

Minha única reação foi encará-la, em choque, não tanto por causa daquele surto de raiva (tudo bem, NADA perplexa diante daquele surto de raiva), mas por causa do conteúdo. Rob tem um *álbum* meu? Rob assiste à série de TV sobre mim? Rob me considera corajosa e inteligente e engraçada? Ela acha que eu parti o coração de ROB?

Nossa, ela errou feio NESSA.

Será que aquilo era verdade? Será que alguma coisa daquela história, mesmo que remotamente, era...

— EU TE ODEIO!

Eu me agachei bem na hora que a luminária passou raspando sobre minha cabeça.

E que bom, porque o troço era feito de latão e acabou marcando o gesso daquela parede chinfrim em vez de fraturar meu crânio.

Endireitei a postura e a encarei, estreitando os olhos, irritada.

— Beleza, já chega. Perdeu a chance de arrumar suas coisas. Vai embora comigo agora, assim mesmo do jeito que está.

Então estiquei o braço e a puxei pela orelha.

Sim, é uma técnica das antigas, utilizada por mães mundo afora para controlar filhos rebeldes.

Mas sabia que a Marinha dos EUA também utiliza essa técnica de vez em quando para reprimir um suspeito desobediente? Usam mesmo, sério.

Porque não só funciona como também não deixa marcas. Na vítima, digo.

Pois é. Aprendi um monte de coisas úteis tipo essa enquanto estava no exterior.

No começo, Hannah resistiu ao ser arrastada pela orelha para fora do apartamento aconchegante do namorado até minha motocicleta. Mas então expliquei a ela: ou era isso ou chamaria a polícia, e Randy teria uma surpresinha extra quando chegasse do trabalho naquela noite, pois seria preso por estupro de vulnerável.

Ela enfim se deu por vencida, embora não exatamente de um jeito considerado gracioso. Enquanto eu lhe prendia meu capacete (não tinha outro, então eu teria de botar meu precioso crânio em risco para conduzir a fedelha até sua casa), ela congelou de repente.

Nem precisei espiar por trás do ombro para saber o que ela havia visto.

— Cadê ele? — perguntei serenamente. — E nem pense em pedir que venha até aqui. Você nunca viu alguém discar pra polícia tão rápido quanto eu.

— Ele está saindo do carro — avisou Hannah, devorando com os olhos o objeto de sua adoração que nem Ruth devora bombas de chocolate; ou devoraria, caso desistisse da dieta sem farinha nem açúcar. — Ele vai ficar bem aborrecido quando notar que fui embora.

— Bem, vamos ver, né? Aposto cinco dólares com você que ele nunca mais vai te procurar.

— Até parece. — Hannah sacudiu a cabeça. — Ele iria até o fim do mundo pra me achar se fosse preciso. Ele já me disse isso. Sou sua alma gêmea.

Ao montar na moto, olhei de esguelha na mesma direção que ela e vi um cara alto e esguio saindo de um carro esporte.

Sério. Por que esses caras sempre dirigem esses carros esporte?

Mas, em vez de seguir rumo ao apartamento 2T, o bom e velho Randy seguiu direto até o apartamento 1S. Hannah e eu ficamos observando em silêncio quando ele deu uma única batida na porta. A porta se abriu, e uma garota morena, que parecia ser ainda mais nova que Hannah, olhou para cima para encarar Randy. Ele se curvou e lhe deu um beijo que deu a impressão de fazer os joelhos da menina derreterem, considerando que ele precisou arrastá-la de volta ao apartamento, como se suas pernas aparentemente tivessem deixado de funcionar direito.

Atrás de mim, Hannah soltou um ruído baixo, tipo um gatinho ao acabar de acordar de um sono longo e profundo.

— Pois é — falei, dando partida no motor. — Parece que Randy tem mais de uma alma gêmea, né?

Então tratei de nos tirar dali o mais depressa possível. Sem ultrapassar o limite de velocidade, claro.

Capítulo 8

Rob estava ao telefone quando abri a porta telada de um puxão e empurrei Hannah, já com uma cara super-humilde, sala adentro.

Ele ficou boquiaberto ao nos ver. Então, lembrando o que fazia, disse ao telefone:

— Gwen? Aham. Ela acabou de chegar aqui. Não sei. Não, ela me parece bem. Aham. — Rob estendeu o telefone para Hannah. — Sua mãe quer falar com você, Han.

Com o rosto prestes a se desfazer, ela se virou e saiu correndo escada acima de forma dramática, choramingando sem parar. No instante seguinte, escutamos uma porta bater.

Rob olhou para mim. Revirei os olhos conforme ele disse ao telefone:

— Gwen? Pois é. Ela está um pouquinho... chateada. Me deixe falar com ela. Aí depois te ligo de volta. Aham. Tchau.

Ele desligou e me encarou mais um pouco.

— Ela está apaixonada — expliquei, acenando com a cabeça na direção dos soluços de Hannah.

— Mas está bem? — perguntou Rob, com uma voz preocupada.

— Fisicamente — respondi. — Mas acho que está na hora de uma visitinha ao ginecologista.

As pernas de Rob pareceram simplesmente sumir, e ele desabou em uma cadeira à mesa da sala de jantar.

— Obrigado, Jess — agradeceu ele, em voz fraca, fitando uma fruteira de madeira no centro da mesa em vez de olhar para mim.

Dei de ombros. Gratidão me deixa desconfortável.

Em especial quando parte de alguém que fica tão bem em um par de jeans quanto Rob. Não era nada justo que ele fosse assim tão gato e, ao mesmo tempo, tão inacessível.

A menos que aquelas coisas que Hannah tinha contado antes fossem verdade.

Mas como seria possível que...

Para impedir que minha mente se aventurasse por esse terreno perigoso, voltei a atenção para a casa de Rob. Tinha sido totalmente redecorada desde minha última visita. Os tecidos coloridos que a mãe tanto amava tinham desaparecido, sendo substituídos por algo mais masculino, embora ainda bonito, em tons de verde-oliva e marrom. O sofá florido saíra de vista, e, no lugar, havia um marrom de camurça. A antiga Sony 19" deu lugar a uma tela de plasma toda lustrosa, acoplada na parede logo acima de uma estante de madeira escura cheia de CDs e DVDs.

O que quer que tenha acontecido na vida de Rob desde a última vez que tínhamos nos visto, ele definitivamente não estava apertado de grana. Tinha transformado a casa da mãe em uma legítima casa de solteiro.

— Tem um refrigerante aí ou algo assim? — perguntei. Afinal, pensar em todas as garotas com quem ele devia estar se divertindo na tal casa de solteiro me deixou um pouco fraca.

— Na geladeira — respondeu ele, ainda sem tirar os olhos da fruteira. Havia três maçãs vermelhas e uma banana madura ali dentro. Se eu não estivesse enganada, Rob Wilkins parecia se encontrar em estado de choque.

Fui até a cozinha, que também tinha sido totalmente remodelada. Os antigos armários brancos estilo casa de campo tinham sido substituídos por outros de cerejeira crua envernizada. A bancada de acrílico também sumira, e uma outra, de granito preto, reluzia no lugar. Os eletrodomésticos também eram todos novos e de aço inoxidável em vez daqueles brancos.

Encontrei duas Cocas na geladeira e levei uma para ele antes de me sentar na cadeira do outro lado da mesa. A julgar pelo jeito como ele não desgrudava o olhar da fruteira, imaginei que seus eletrólitos tivessem diminuído a um nível tão baixo quanto os meus. Ou sei lá.

— Onde arrumou dinheiro pra comprar todas essas coisas? — perguntei, abrindo a latinha de Coca e apontando com a cabeça em direção à tela de plasma. Minha mãe teria me matado caso tivesse me ouvido: é uma falta de educação gravíssima perguntar como alguém arrumou dinheiro para comprar alguma coisa. Mas imaginei que Rob não fosse ligar.

E não ligou mesmo.

— Dentistas — respondeu ele, desviando os olhos da fruteira por tempo o suficiente para abrir o próprio refrigerante.

— Dentistas?

Ele deu um longo gole na Coca, então colocou a latinha de volta no jogo americano trançado e de aparência cara.

— Foi mal — disse ele. — Sim, dentistas. Eles meio que são as únicas pessoas que conseguem bancar uma Harley hoje em dia. Bem, assim como médicos aposentados. E advogados.

Lembrei que ele estivera reformando uma moto no celeiro dois anos antes, no Dia de Ação de Graças. A moto que estivera reformando quando eu disse que o amava. E ele acabou não dizendo que me amava de volta.

— Entendi — retruquei. — Você vem comprando motos velhas, reformando e depois vendendo?

— Isso. O mercado de motos antigas está incrivelmente em alta hoje em dia.

Pensei em minha moto, estacionada na entrada da garagem. Fiquei me perguntando onde meu pai a tinha comprado. Não acredito que nunca me ocorrera perguntar. Será que Rob...

Mas não. Não, isso seria simplesmente bizarro demais.

— Que maravilha — acabei dizendo. — Sua casa está...

— Pronta para morar. Meu Deus, o que há de ERRADO comigo? — Sua casa está bem legal.

— Não o bastante, pelo visto — comentou Rob, com uma careta ao lançar um olhar para a escada.

— Então... quanto a isso. Ela mentiu pra você, tá?

— Sobre o que tem rolado com a mãe? — Rob assentiu. — Eu sei. Agora sei. Gwen, esse é o nome da mãe de Hannah, e eu, a gente tem conversado. Hannah nos enrolou bonito, pelo visto. Ela falou pra Gwen que eu estava pensando em me suicidar por causa de uma garota, e que tinha implorado a ela que passasse umas semanas aqui comigo pra me ajudar a encontrar uma razão de viver.

Fiquei pensando no que Hannah contara sobre eu ter partido o coração de Rob. Então, pelo visto, nada daquilo tinha sido verdade no fim das contas. Ela só queria me atingir mesmo.

Mas e o tal álbum? E o lance de fazê-la assistir à série?

— Eles se conheceram on-line — falei, e contei o que tinha descoberto sobre "Randy".

— Vou matar esse cara. — Ele se limitou a dizer quando terminei.

— Bem, talvez você tenha que entrar na fila — retruquei, então mencionei a garota que tínhamos visto no apartamento 1S. — Não acho que o sumiço de Hannah vá deixar o cara tristinho por muito tempo. Me pareceu que ele tinha um bocado de outras menininhas adoráveis como opção.

Rob me fitou do outro lado da fruteira com preocupação.

— Não quero que Hannah seja obrigada a lidar com a polícia ou a testemunhar nem nada disso. Sabe... ela só tem 15 anos.

— Imaginei que você fosse pensar assim — assenti, pegando distraidamente umas folhas de papel que estavam jogadas pela mesa, porque doía encarar Rob nos olhos. — Ei. O que é isso?

Levantei os documentos que eu tinha pegado. Era um catálogo dos cursos da Escola de Artes e Ciências da Universidade de Indiana e uma folha solta com vários números escritos.

— Meu cronograma de aulas no outono — respondeu ele, casualmente. — Estou estudando à noite. Quer outro refrigerante?

— Aham — respondi, analisando os cursos listados. Introdução à literatura comparada. Psicologia para iniciantes. Biologia 101. — Caramba, Rob. Você é dono de uma oficina, reforma motos antigas E faz faculdade em meio período? No meio disso tudo aí, ainda resolveu adicionar uma irmã adolescente?

— Eu tinha tudo sob controle — disse Rob, em um tom de voz que denunciou um contrair de maxilar. — Pelo menos...

— Até a irmã mais nova aparecer — completei. — Ainda assim. O que estava pensando?

— Eu não achava que ela fosse... bem, do jeito que ela é.

— Como ACHAVA que ela seria? — perguntei, tomando a segunda latinha de refrigerante de suas mãos.

— Achei que fosse mais como você — respondeu ele, fazendo com que eu quase morresse engasgada com o gole que acabara de tomar.

— Como EU? — soltei. — Ai, meu Deus, só pode estar de brincadeira. Eu era a maior mala desse mundo na idade dela.

— Não pelo que me lembro — comentou Rob. Mas não de uma maneira que desse para chamar de afetuosa.

— Ah, é? Bem, pode perguntar a meus pais.

— Você não era que nem Hannah — disse ele, sacudindo a cabeça. — Tipo, beleza, você se metia em confusão. Mas era por bater nas pessoas, não por fugir com um cara da internet. Você nunca teria...

A voz falhou. O único barulho na casa eram os soluços de Hannah, ainda vindo em alto e bom som do que só poderia ser o antigo quarto de Rob, presumo. Ele certamente teria se mudado para o quarto principal onde a mãe costumava dormir, que sem dúvida já não era mais cor-de-rosa.

— Bem — falei, porque, sério, eu não conseguia, de jeito algum, pensar em mais nada a dizer. Tipo, eu queria perguntar a ele, é claro, se o que Hannah tinha falado era verdade, quanto ao álbum e sobre a parte de eu ter partido seu coração...

Só que a irmã de Rob já mentira tanto que não me parecia provável que logo o que eu mais queria acreditar fosse de fato a única verdade de toda aquela história.

Em especial porque Rob não estava deixando transparecer qualquer clima de "vamos voltar ao que quer que a gente tenha sido".

Por outro lado, ele TINHA acabado de descobrir que a irmã mais nova fora seduzida por um playboy de 27 anos chamado Randy, dono de um carro esporte.

— É melhor eu ir — avisei. — Tenho certeza de que minha mãe já está com o jantar pronto a essa altura.

— Claro — disse Rob. — Eu te acompanho até a porta.

Quando vi, estávamos caminhando pelo jardim bem-cuidado até minha moto.

Eu queria perguntar. Sabe, se ela era uma das motos reformadas por ele. Mas a verdade era que parte de mim já sabia.

— Ela é uma beleza — comentou Rob, apontando com a cabeça para a moto.

— Beleza Azul — falei no automático, antes de perceber o quanto aquilo era cafona dito em voz alta.

— Funciona legal?

— Ronrona como uma gatinha.

— Não dá pra acreditar que você conseguiu tirar carteira — brincou ele, rindo.

— Uma das únicas vantagens — retruquei — de se trabalhar para o governo.

Logo em seguida desejei que não tivesse dito isso, porque o sorriso de Rob desapareceu imediatamente.

— Certo — disse ele. — Bem. Obrigado. Sabe, por trazer minha irmã de volta.

Eu me senti uma completa babaca. Tinha tanta coisa que eu queria dizer, tanta coisa que queria perguntar.

Mas tudo o que saiu de minha boca em vez disso foram as palavras:

— Me desculpe.

Ele me olhou sob a luz roxa do poente, tomando o campo que margeava a fazenda, já abaixo das copas das árvores.

— Desculpe? — perguntou Rob. — Pelo quê?

— Por — comecei, com certo embaraço. *Por tudo*, queria dizer. *Por ser tão estranha. Por dar ouvidos a minha mãe. Por ter deixado você sumir de minha vida.*

— Por todas aquelas coisas que eu disse ontem à noite. — Foi o que acabou me escapando da boca. — Por ter agido feito uma completa... hum, ultraescrota, acho que foi assim que sua irmã me definiu.

Alguma coisa aconteceu com o rosto de Rob naquele momento. Pareceu se contrair, quase como se eu tivesse lhe dado um tapa.

Mas, em vez de raiva, havia um ar de... bem, alguma coisa que eu não fui capaz de identificar... que tomou conta de seu rosto. E, quando vi, ele tinha colocado uma mão sobre a minha, apoiada no guidão.

— Jess — disse ele.

Quem sabe o que poderia ter rolado em seguida caso ele não tivesse sido interrompido por um estrondo tilintante vindo do quarto no andar de cima, onde Hannah havia se trancado. O estrondo se seguiu de um berro enfurecido. Ela estava tendo um chilique.

A verdade é que, mesmo se ela não tivesse... Bem. Duvido que alguma coisa teria rolado em seguida, de todo modo.

— É melhor você lidar com isso — aconselhei, em um tom de voz que não soou muito como o meu. Para ver o quanto minha garganta tinha ficado seca, apesar das duas Cocas.

— É — concordou Rob, tirando a mão da minha e olhando em direção à casa. — Acho que é melhor mesmo. Escute. Pode me ligar dessa vez? Antes de voltar pra Nova York?

Seus olhos pareciam brilhar no lusco-fusco.

— Pra gente conversar sobre o que fazer em relação a Randy, digo — acrescentou Rob rapidamente, antes que eu pudesse cair no erro de pensar que ele de fato, sabe? Se preocupava comigo. Não apenas como amigo.

— Claro — afirmei, embora estivesse totalmente mentindo. Porque a verdade era que eu sabia que nunca seria capaz de ser *só sua amiga*. Aquilo era um adeus, ele sabendo disso ou não. — Até mais.

— Até — disse ele, virando-se e andando sem pressa de volta para casa.

Enfiei o capacete, aliviada porque, caso ele resolvesse olhar para trás (zero chance de isso acontecer), o visor de plástico esconderia as lágrimas que de repente brotaram de meus olhos.

Meu Deus, como sou idiota. Primeiro por ter caído nas mentiras de Hannah, e depois por ter chegado um dia a acreditar...

Mas enfim. Sério, o que tinha mudado? Nada. Ele ainda era só um cara que eu tinha "o que quer que a gente tenha feito e sido" por um tempo.

Ainda assim. Tipo, pelo menos Hannah, por mais complicada que fosse, tinha se arriscado com o cara que ela amava. Beleza, ele era um babaca e obviamente não se preocupava nadinha com ela.

Mas, pelo menos, ela curtira um pouco. Pelo menos, era o que eu esperava.

O que eu tinha tirado da relação com Rob? Nada além de dor.

A parte mais engraçada? Aquelas coisas que, segundo Hannah, Rob tinha contado sobre mim... não eram verdade. *Eu* não era corajosa. Não, corajosa era Hannah. Ok, eu certamente tinha arriscado minha vida, um monte de vezes. Mas ela arriscara algo que, no fim das contas, acabou se mostrando muito mais difícil de se perder:

O coração.

Não olhei para trás ao arrancar com a moto. Porque não queria vê-lo fechando a porta atrás de mim.

De novo.

Capítulo 9

Voltei para casa de meus pais e dei de cara com uma festa em pleno vapor.

É impressionante o que minha mãe consegue fazer quando enfia uma coisa na cabeça. Ela decidira que queria organizar uma festa para celebrar meu retorno (temporário), e, quando cheguei depois de salvar a irmã mais nova de Rob, estava mesmo rolando uma festa.

Beleza, era até pequena, tratando-se de minha mãe.

Mas os pais de Ruth e Skip, que moravam logo ao lado, estavam ali, assim como Douglas e Tasha, sua namorada. Até os pais da garota, os Thompkins, nossos vizinhos de frente, tinham ido. O Dr. Thompkins estava no quintal dos fundos com meu pai e o Sr. Abramowitz, trocando dicas de churrasco (não que meu pai, um dono de restaurante e um mestre-cuca incrível, estivesse de fato dando ouvidos a elas).

Eu sempre tinha me sentido desconfortável na presença dos Thompkins, considerando que seu único menino, o irmão de Tasha, Nate, tinha desaparecido três anos atrás e eu não conseguira encontrá-lo... não a tempo de evitar o pior.

Embora, sendo justa, nenhum dos dois parecesse guardar ressentimentos. Talvez porque, no fim das contas, eu tivesse conseguido entregar os assassinos do menino à justiça.

Ainda assim, era de se imaginar que me ver trazia o passado de volta à tona. Muitas pessoas, inclusive eu, ficaram meio surpresas que os Thompkins tivessem decidido permanecer na Lumbley Lane, afinal o lugar dificilmente tinha boas lembranças.

Mas permaneceram. E passaram a jantar na casa de meus pais com certa frequência até. Com frequência o suficiente, ao que parecia, para que a filha e meu irmão Douglas acabassem engatando o que, então, já era o mais longo (e provavelmente o mais saudável emocionalmente) relacionamento amoroso de qualquer um dos três herdeiros do casal Mastriani.

— E aí, Jess? — chamou Douglas ao me ver e me cumprimentar de um jeito que para ele era bastante atípico: com um beijo na bochecha.

Tudo bem, era um beijinho acanhado. Mas ainda assim. Já era bem diferente de quando ele mal conseguia tocar em outro ser humano apenas três anos antes.

— Então quer dizer que Rob te encontrou, né?

Ele fez a pergunta em um tom de voz tão baixo que nem cheguei a escutá-lo de primeira.

— Oi? — Olhei para ele, ainda confusa. — Ah, sim. Pois é, me encontrou.

— E você o ajudou com aquele probleminha lá?

— Aham. O probleminha já... não é mais um problema. Ela está segura em casa.

— Deve ter sido um alívio e tanto pra ele — comentou Douglas, parecendo estar um tanto aliviado também. — Ele estava bem preocupado.

Fiquei analisando o rosto magro de meu irmão, com aquela penugem de barba despontando. E me senti subitamente irritada com ele.

— Valeu por ter avisado que ele estava a caminho, por sinal — falei. — Você bem que podia ter me ligado, né?

— Pra que você pudesse ter fugido pros Hamptons no fim de semana? — Douglas abriu um sorriso. — Ele me pediu pra não dizer nada.

E, aparentemente, um pedido de Rob era mais importante que minha saúde emocional.

— Você e Rob andam bem amiguinhos ultimamente, hein? — comentei, não sem uma pontinha de amargura.

— Ele é um cara legal. — Foi tudo o que Douglas disse em resposta, antes de se afastar de mim para pegar um frasco de vinagrete caseiro na geladeira e levá-lo para minha mãe.

— Oi, Jessica — disse a namorada de Doug, me dando um abraço. Eu gostava de Tasha, e não só porque ela havia seguido meu conselho de não machucar Douglas. O que foi bom, afinal eu tinha prometido quebrar sua cara do contrário.

— Como está Nova York? — perguntou Tasha, naquele tom de alguém que gostaria de se mudar para a Grande Maçã, mas que não tinha coragem.

— Está indo — respondi. Gosto de Nova York. Gosto mesmo. Mas. Sabe? É só uma cidade para mim. Uma cidade maior, talvez, do que estou acostumada. Só que, ainda assim, é só uma cidade.

— E a Juilliard? — Quis saber a Sra. Abramowitz, que sempre fazia alarde sobre o fato de eu ter sido aceita na Juilliard... provavelmente porque secretamente tinha desconfiado que eu acabaria em uma penitenciária estatal feminina, e não em uma das principais escolas de música do país. Ela jamais falara abertamente, mas eu tinha minhas suspeitas.

Comecei a dar minha resposta de praxe ("Está legal"), mas alguma coisa me deteve. Não sei o que foi. Talvez só a sensação de estar em casa.

Do nada me toquei de que, se dissesse que a faculdade estava legal, estaria mentindo. A faculdade não estava legal. Nova York não estava legal. Eu não estava legal.

Eu definitivamente não estava legal

Mas como poderia dizer uma coisa dessas? Como poderia dizer que a Juilliard não era bem o que eu tinha esperado? Que em qualquer tempinho livre que sobrava eu tinha de ficar em um cubículo, ensaiando até não aguentar mais, só para me manter no mesmo nível dos outros flautistas? Que eu detestava aquilo? Que queria largar o curso, só não sabia que outra coisa fazer? Que Nova York era sensacional, que era emocionante morar na cidade que nunca dorme, mas que eu sentia falta do cheiro da grama recém-aparada e do canto dos grilos e do choro suave do violoncelo de Ruth vindo da casa ao lado, e não do quarto ao lado?

Não dava. Não dava para dizer nada disso a ela.

— Legal! — Foi o que respondi.

— E estava tudo bem com Ruth quando você saiu de lá? — perguntou a Sra. Abramowitz, servindo-se de mais uma margarita.

— Aham — afirmei, imaginando como ela reagiria se eu contasse sobre minhas suspeitas... de que algo vinha rolando entre sua filha e meu irmão do meio.

Provavelmente acharia ótimo. Mike, assim como Skip, está muito bem encaminhado para se tornar um homem de "cem mil dólares ao ano", só que no ramo da informática, não dos negócios.

Mas o que quer que estivesse rolando entre Mike e Ruth, ainda não era nada sério, e talvez nunca chegasse a ser. Então não mencionei nada.

— E Skip? — indagou minha mãe, em tom provocativo. Porque ela adora, é claro, a ideia original do homem dos "cem mil dólares". Ou pelo menos a possibilidade de eu ser sustentada com esses cem mil dólares.

— Ele ronca — retruquei, e peguei uma tigela de molho para colocar na mesa lá fora, onde estávamos comendo.

— É por causa da sinusite. — Ouvi a Sra. Abramowitz dizer a minha mãe. — E das alergias. Queria que ele tivesse se lembrado de levar o Claritin...

— Aí está minha menina — disse meu pai, com um sorrisão no rosto, quando saí de casa com o molho em mãos. Chigger se chegou todo para meu lado outra vez, mas dessa vez não foi para me dizer oi, e sim porque eu segurava alguma coisa contendo comida.

— Quieto — pedi a Chigger, que obedientemente ficou quieto, mas, não satisfeito, foi me seguindo até a mesa com a diligência de um guarda-costas.

— Esse cachorro — comentou o Dr. Thompkins, com uma risadinha.

— Esse cachorro — retrucou meu pai — entende mais de quinze comandos. Preste atenção. Chigger. Bola.

Em vez de sair correndo atrás da bola, como normalmente fazia quando escutava a palavra, Chigger ficou parado no mesmo lugar, arfando no vento abafado do começo de noite, só esperando que alguém derramasse um pouco de molho.

— Bem — disse meu pai, um tanto envergonhado.

— Ele iria lá pegar se não tivesse comida por aqui.

Puxei uma cadeira e me juntei a eles no deque, acariciando de leve as orelhas de Chigger e contemplando o quintal e as copas das árvores mais além enquanto ouvia a conversa de meu pai com os vizinhos. Era meio estranho que, ainda naquela manhã, eu estivesse olhando através de grades de metal para escadas de incêndio e para dentro do apartamento dos outros, e que agora me encontrasse ali, diante de um cenário tão pastoral e... bem, DIFERENTE. Não estou dizendo que um é melhor que o outro. São só... diferentes.

Fiquei me perguntando o que Rob e a irmã estariam fazendo. Fiquei me perguntando o que Randy e a garota que eu vira estariam fazendo. Ok, esqueça essa parte. Eu sabia bem o que ELES deviam estar fazendo. Passei a me perguntar então o que eu deveria fazer a respeito. Minhas opções eram um tanto limitadas caso Rob não quisesse mesmo que a irmã testemunhasse contra o babaca.

Mas e aquela garota morena que eu tinha visto? Evidente que também era menor de idade. Se eu fosse lá e acabasse soltando toda a verdade sobre o casinho de Randy com outra (logo subindo as escadas, no 2T, a propósito), será que ela ajudaria?

Mas por que eu faria isso? Nem conhecia a menina. Ninguém tinha me pedido para encontrá-la. Ela não era minha responsabilidade.

Talvez Ruth tivesse razão. Talvez eu *desse* uma super-heroína de merda. Porque era realmente incapaz de simplesmente ir em direção ao horizonte.

A Sra. Thompkins apareceu no quintal, trazendo a salada, com Douglas em seu encalço como Chigger antes no meu.

— ... deveriam vir junto mesmo — dizia Douglas, enquanto Tasha o seguia, segurando uma travessa de milho na espiga. — É nossa comunidade. A gente precisa tomá-la de volta dessa corja de empreiteiros e yuppies corporativistas.

— Mas eu simplesmente não vejo a NECESSIDADE de uma escola fundamental no bairro, Douglas — argumentou a Sra. Thompkins, já um pouco sem saber o que dizer. — As pessoas com dinheiro pra viver aqui estão com os filhos na faculdade, como nós, não no maternal.

— É por isso que a gente está propondo uma escola de ensino médio — explicou Tasha, com os olhos escuros brilhando, tamanha era a empolgação. — Não uma escola fundamental.

Minha mãe também tinha saído com eles, trazendo sua premiada batata gratinada numa travessa pelando de quente.

— Nem vem com essa história de escola alternativa de novo — interveio ela, já farta. — Será que não dá pra ter uma única refeição sem que a gente seja obrigado a falar sobre essa ideia de ensino médio alternativo, Douglas?

O que era bem irônico, considerando que pouquíssimos anos antes, minha mãe teria dado o braço direito só para ver Douglas SENTADO conosco à mesa do jantar, em vez de escondido no quarto.

— Tá bem — respondeu ele, sem parecer ofendido. — Mas tem uma reunião do conselho às 20h. Espero que pelo menos alguns de vocês possam ir.

— Nada de política na mesa — declarou meu pai, servindo uma dúzia de bifes perfeitamente grelhados. — Nem religião. Ambos os assuntos estragam o apetite.

Todo mundo fez "oh" e "ah" ao ver a carne, do jeitinho que meu pai esperava, e então caímos de boca. Comi com mais gosto que de costume, não tendo ingerido muito além de meu McMuffin de ovo com linguiça pela manhã.

Conforme esperado, tão logo o jantar terminou, Douglas olhou para seu relógio e anunciou que era hora da reunião, e que aqueles que tivessem o mínimo de consideração pelo bairro estavam convidados a dar um pulo no auditório da Pine Heights com ele e Tasha e ouvir o que o conselho tinha a dizer sobre o futuro da escola.

Nenhum dos adultos se voluntariou, o que não era nada espantoso, considerando o tanto de carne e tequila que tinham acabado de consumir.

— Bacana — ironizou Douglas ao ver a situação. — Eu achava que vocês da geração Woodstock se preocupavam de verdade com o mundo.

— Ei — retrucou minha mãe, em um tom de voz perigoso. — Eu era nova demais para Woodstock.

— Jess? — Tasha tinha se levantado para acompanhar meu irmão porta afora. — Quer vir?

Eu não queria. Por que me importaria com o que ia acontecer com minha antiga escola fundamental?

— Jess nem mora mais aqui — disse minha mãe, com uma risada. — Ela agora é uma nova-iorquina apática.

Era isso que eu era? Era por isso que tudo em minha cidade natal me parecia tão velho e pequeno? Porque eu era uma nova-iorquina apática?

— Vamos, Jess — convidou Douglas da porta. — Todos os comerciantes locais desta cidade estão vendendo seus negócios para grandes redes. Olhe só o que aconteceu com o Chocolate Moose.

— Nem todo comerciante local está se vendendo para os grandes conglomerados, Douglas — observou meu pai, com rispidez, aludindo aos restaurantes que ainda possuíamos.

— Quer mesmo ver o lugar onde você interpretou o ratinho de *O leão e o ratinho*, no terceiro ano, transformado em condomínio? — perguntou meu irmão para mim, ignorando nosso pai.

Bem, não era como se eu tivesse uma proposta melhor. Ninguém mais tinha me convidado para fazer nada naquela noite. E, se eu ficasse em casa, minha mãe me obrigaria a lavar a louça.

Eu estava tocada por ele sequer ainda se lembrar de minha interpretação do ratinho no terceiro ano.

— Tá, eu vou — decidi, e me levantei para acompanhar Douglas e a namorada.

Os dois passaram os três quarteirões de caminhada até a escola me colocando a par de seus projetos para transformar a Pine Heights em uma escola de ensino médio.

— Uma escola alternativa — explicou Douglas. — Não como a Ernie Pyle, imensa e impessoal. Aquele lugar... era tipo uma fábrica de educação — acrescentou ele, estremecendo.

O que não deixava de ser curioso, porque eu nunca tinha visto muita gente ganhando educação por lá.

— O ensino médio alternativo daria maior ênfase ao desenvolvimento de cada criança no próprio ritmo — disse Tasha, que estudava Pedagogia na Universidade de Indiana.

— Isso — concordou Douglas. — E, em vez do currículo padrão do Estado, a gente vai dar maior ênfase às artes: música, desenho, escultura, teatro, dança. E nada de esportes.

— Nada de esportes — repetiu Tasha, com firmeza, e me veio à cabeça que seu irmão tinha sido jogador de futebol americano... e o tanto de atenção que ele tinha recebido por causa disso. Ao passo que ela, uma garota tímida e estudiosa, quase acabou sendo esquecida pela própria família.

— Uau! — exclamei. — Maravilha.

E estava sendo sincera. Mesmo. Tipo, se eu tivesse estudado em uma escola como a que eles descreveram, em vez da escola em que estudei, talvez não tivesse ficado do jeito que fiquei: destruída. Definitivamente não teria sido atingida por um raio. Pois isso aconteceu quando eu estava voltando da Ernie Pyle para casa. Se eu estivesse voltando da Pine Heights, que é pertinho, eu teria conseguido chegar bem antes da chuva começar a cair.

Era estranho estar de volta à escola de minha infância depois de todos esses anos. Tudo parecia minúsculo. Tipo, os bebedouros, dos quais me lembrava como sendo superaltos, batiam praticamente na altura dos joelhos.

O cheiro ainda era o mesmo, no entanto: de cera para piso e aquele troço que borrifam sobre os vômitos.

— Se lembra da vez que você deu com a cabeça de Tom Boyes neste bebedouro, Jess? — perguntou Douglas, animado, ao passarmos por um bebedouro de outro modo irrelevante. — Por ele ter me chamado de... o que foi, mesmo? Ah, sim. De convulsão ambulante.

Não me lembrava disso. Mas não podia dizer que aquilo me surpreendia.

Tasha, por sua vez, parecia surpresa.

— Por que ele te chamou disso? — Quis saber ela. — Só porque você era diferente?

Diferente. Era um bom jeito de colocar. Douglas sempre TINHA sido diferente. Se é que dá para chamar de diferente alguém que escuta vozes na própria cabeça, lhe mandando fazer coisas estranhas, tipo não comer espaguete na cantina da escola por estar envenenado.

— Aham — respondeu Douglas. — Mas tudo bem, porque eu tinha Jessica para me proteger. Mesmo estando no quinto ano, e ela ainda no primeiro. Nossa, Tom nem conseguiu mais andar de cabeça erguida pelo resto do semestre depois daquilo. Da surra que levou de uma garotinha do primeiro ano.

Tasha sorriu para mim com admiração, mas eu sabia que não havia nada tão admirável assim naquela história. Meu orientador do ensino médio e eu tínhamos trabalhado duro por muito tempo para conter meu temperamento aparentemente incontrolável, que sempre acabava me botando em apuros. No fim, acabei conseguindo controlá-lo, mas só depois de ver com os próprios olhos o que podia acontecer quando alguém com pavio curto conquistava poder demais, como alguns dos homens que ajudei a capturar no Afeganistão.

Entramos no auditório polivalente da escola, provido de um palco, uma quadra (com aros de basquete) e uma cantina (cujas mesas compridas se retraíam às paredes para abrir espaço durante a educação física ou assembleias). O lugar parecia ridiculamente pequeno comparado ao que eu lembrava. Umas dez fileiras de cadeiras dobráveis tinham sido arrumadas em frente a uma mesa comprida, sobre a qual havia uma maquete da Pine Heights, só que com as janelas e os entornos refeitos a fim de se parecer mais com a maquete de um condomínio residencial que com uma escola.

De pé atrás da maquete, bajulando o que só podia ser um bando de urbanistas e políticos locais, estava um empresário barrigudo, vestindo um terno caro e novinho em folha... que não deveria estar assim tão confortável naquele calor de verão, considerando que a escola não tinha ar-condicionado.

Ao lado do senhor barrigudo, havia outro cara de terno, embora esse fosse mais apropriado para o clima, pois era feito de seda. Além disso, esse cara usava o paletó por cima de uma camiseta preta, em vez de usar camisa social e gravata.

A não ser pela troca de roupa, no entanto, ele ainda podia ser perfeitamente reconhecido como alguém que eu tinha visto (mesmo que de longe) apenas algumas horas antes.

O namorado de Hannah, Randy duas caras.

Capítulo 10

— Pessoal, sentem-se, por favor.

O conselheiro municipal pediu que todos ali presentes, dispersos enquanto se cumprimentavam (inclusive meu irmão recém-imbuído de espírito cívico), se sentassem. Assim, tomamos nossos assentos naquela noite calorenta, alguns se abanando com os panfletos que o pai de Randy tinha deixado em todas as cadeiras. Os panfletos descreviam o complexo residencial em que ele queria transformar a Pine Heights, uma "experiência" totalmente nova de condomínio de luxo, com academia de ginástica e um café no primeiro piso. Pelo visto, mais e mais casais com renda dupla, mas sem filhos, vinham se mudando para nossa cidade, deslocando-se todos os dias até Indianápolis para trabalhar. Uma "experiência" condominial assim atenderia perfeitamente a todas as necessidades desse grupo.

As pessoas começaram a se levantar para falar, mas, na verdade, não ouvi sequer uma palavra do que disseram.

Não conseguia prestar atenção, pois fiquei observando Randy Whitehead em vez disso.

Eu nem deveria ter me surpreendido. Tipo, moramos em uma cidadezinha bem pequena. Se o pai do cara é dono de um complexo residencial, são grandes as chances de que tenha mais de um. Quero dizer, veja meu pai. Ele era dono não de um, mas de três dos restaurantes mais populares de uma cidade que mal dá conta de um único McDonald's de tão pequena.

Ainda assim, era chocante ver Randy tão de perto e em pessoa. Ele parecia estar ali estritamente para exercer o papel de "filho solidário", falando pouco e repassando coisas ao pai ao chegar a vez do Sr. Whitehead fazer sua apresentação. Não tinha como negar que o cara era gato. Randy, digo. Quero dizer, para quem curte o tipo "mocassim sem meia" e "corte de cabelo de cem dólares". O que deve parecer bem exótico para uma garota inexperiente feito Hannah.

Para mim, no entanto, ele tinha cara de que teria um cheiro forte demais. Não de cecê. Mas daquele exagero de perfume. Detesto quando caras cheiram a qualquer coisa além de sabonete. Randy Whitehead parecia ter tomado um BANHO de Calvin Klein masculino.

— O custo total de cada uma dessas unidades — dizia o Sr. Whitehead — estaria em conformidade com o valor crescente do mercado imobiliário em uma cidade que vem depressa se tornando uma zona residencial extremamente cobiçada por profissionais em ascensão nas redondezas de Indianápolis. Estamos falando de algo em torno dos seis dígitos, uns duzentos a quinhentos mil, dependendo do tipo de comodidades que os compradores decidirem incorporar à planta original do projeto escolhido. De maneira nenhuma a comunidade de Pine Heights vai sofrer um influxo indesejado de residentes com baixa renda por meio dessa conversão.

Randy ficou batendo um lápis de leve enquanto o pai falava. Não estava com cara de quem se perguntava por onde andaria sua alma gêmea, que tinha desaparecido mais cedo naquele dia. Parecia mais alguém com pressa de voltar para casa e sentar na frente da HBO, tomando uma Heineken ou duas.

A comunidade escutava educadamente a falação do Sr. Whitehead, fazendo uma ou duas perguntas referentes ao estacionamento e ao campo de baseball da escola, que continuava sendo utilizado, ainda que esporadicamente, pelas famílias que curtiam uma partida improvisada de softball em um fim de tarde de verão. O campo de baseball deixaria de existir e seria transformado num "parque verde, aberto ao público, dispondo de uma lagoa com patos". Isso, por sua vez, levou a perguntas sobre mosquitos e o vírus do Nilo Ocidental.

Perguntei a mim mesma o que eu ainda fazia ali. Em Indiana, digo. Já tinha ajudado Rob. Por que não me encontrava em um voo de volta a Nova York? Era lá que minha vida estava no momento. Não em Indiana, escutando o povo surtar por causa de um campo de baseball.

É claro que em Nova York também nunca cheguei a sentir que, de fato, era lá meu lugar. Sei lá, sabe, geral em

Nova York estava sempre tão empolgado para assistir a algum espetáculo na Broadway, ou para fazer um piquenique no Central Park. Todos, menos eu.

Talvez o problema não fosse Indiana ou Nova York. Talvez o problema fosse eu. Talvez não fosse mais capaz de ser feliz. Talvez Rob tivesse razão, e eu estivesse destruída. Permanentemente destruída, e jamais seria feliz de novo...

Minhas reflexões sobre meu estado aparentemente imutável de não me importar com nada foram interrompidas por meu irmão Douglas, de todas as pessoas, que se pôs de pé e disse:

— Eu gostaria de saber o quanto de nossa proposta sobre transformar a Pine Heights em uma escola de ensino médio alternativa o conselho municipal já analisou.

Correu um burburinho considerável entre os presentes acerca da questão. Mas não porque as pessoas tinham considerado a pergunta descabida ou estranha, como costumavam cochichar no passado sobre o que meu irmão dizia. Havia um quê de aprovação no burburinho. Alguém mais ao fundo do ginásio gritou "Issaê!", enquanto outro no lado oposto disse:

— A gente não quer um bando de adolescentes perambulando solto pela vizinhança.

— Alternativo não é o mesmo que sem supervisão — observou Douglas, sem demora. — Será exigido um certificado estadual dos professores que desejarem se candidatar a uma vaga na Escola de Ensino Médio Alternativa Pine Heights. E, como em qualquer outra instituição, vagar nas dependências da escola depois do horário de aulas não será permitido.

— Mas as crianças que frequentam essas tais escolas alternativas — disse uma mulher que não reconheci, mas que evidentemente morava no bairro, conforme ficou de pé — são geralmente as crianças que foram expulsas das escolas convencionais. Os baderneiros.

Um burburinho em concordância correu entre os presentes.

— Não em nossa escola — respondeu Tasha Thompkins, levantando-se. — Nossa escola vai ter políticas rigorosas de admissão. Os candidatos vão precisar de boas referências.

E assim se seguiu nesse vai e vem entre os apoiadores de uma escola alternativa e aqueles que achavam que a tal escola faria com que os valores imobiliários despencassem no bairro. Fiquei ali sentada, não tão interessada na querela, e sim no fato de meu irmão, meu irmão Douglas, estar liderando a conversa. Meu irmão Douglas que, por anos e anos, só quis saber de revistas em quadrinhos e ficar na sua, nessa ordem. Liderava (liderava mesmo), naquele instante, uma frente por mudanças em um bairro onde não mais morava.

E as pessoas ESCUTAVAM o que ele dizia. O menino que costumava voltar para casa chorando todo dia da escola porque algum moleque grandalhão lhe roubara o dinheiro do almoço e o chamara de sequelado. Ele estava LIDERANDO um grupo de cidadãos preocupados com os rumos que a cidade vinha tomando.

E estava liderando porque tinha um talento, até então desconhecido (por mim, pelo menos) para falar em público.

— O único motivo de estarmos aqui — dizia ele — é porque os jovens de nossa comunidade já não conseguem mais arcar com os custos da criação de seus filhos neste local. São obrigados a pagar uma fortuna pelas casas por causa de pessoas que nem sequer possuem comércio nesta comunidade, mas que escolhem morar aqui em vez de viver em Indianápolis, a cidade grande onde fazem seus negócios. Logo, logo, esta cidade vai ficar completamente inviável financeiramente para pessoas de minha idade. Estamos perdendo nossos jovens para grandes cidades, como Nova York e Chicago, porque não há mais emprego para eles aqui. Professores talentosos estão indo embora porque não há vagas nas escolas públicas superlotadas. Por que não nos damos uma oportunidade de empregar algumas dessas pessoas, de trazê-las de volta à comunidade local, ao mesmo tempo que proporcionamos a nossos adolescentes, que de outro modo talvez se sentissem perdidos na monstruosidade que é nosso sistema de ensino médio público, uma chance de brilharem de verdade?

Algumas pessoas bateram palmas. Realmente bateram palmas por algo que meu irmão Douglas disse. Meus olhos se encheram d'água. De verdade. Depois que a reunião terminou, com a garantia do conselheiro municipal de que tanto a proposta da escola alternativa quanto o projeto condominial do Sr. Whitehead seriam minuciosamente analisados, e de que uma decisão seria tomada até o fim do mês, eu me virei para Douglas e disse, me segurando para conter a emoção:

— Mandou bem, Dougie. Muito bem mesmo.

— É — disse ele, parecendo zangado. — Mas não o bastante. Acho que convenci um ou dois deles, mas aquele desgraçado do Whitehead... ele conseguiu mesmo seduzir todo mundo com aquele papo sobre os valores das propriedades e sobre transformar este bairro numa Beverly Hills de Indiana...

— Não se preocupe — interrompeu Tasha, acariciando as costas de meu irmão. — Meu pai conhece o prefeito e prometeu que falaria com ele. No fim das contas, é o bairro dele também. E estamos em ano de eleição.

— Seria simplesmente tão legal — comentou Douglas — se a gente conseguisse transformar este lugar em uma escola de novo. O tipo certo de escola, sabe? O tipo de escola que você não teria detestado, Jess.

Soltei uma risada (não sem algum esforço) e então me afastei conforme as pessoas foram se aproximando para parabenizar Douglas pelo discurso e para já esquematizar qual deveria ser o próximo passo do plano.

Foi quando me vi a menos de 2 metros de Randy Whitehead, que guardava a maquete do pai em uma grande caixa branca.

Antes mesmo de pensar no que fazia, andei até ele, me agachei e disse:

— Bela maquete.

Randy me olhou e abriu um sorrisão com dentes de porcelana.

— Valeu — disse ele. — Você é nova por aqui? Nunca te vi em uma dessas reuniões do conselho comunitário antes.

— Acho que dá pra dizer que sou nova por aqui. — Sorri de volta. — E você?

— Me mudei de Indy pra cá recentemente — respondeu ele. — Ano passado.

— Deve ter sido uma mudança e tanto — comentei. — Morar no interior, depois de uma vida na cidade grande.

— Surpreendentemente é a mesma coisa — afirmou Randy. — Sabe, muito trabalho, pouca diversão.

Sorri com ainda mais vontade.

— Fala sério, um gatinho que nem você? Deve ter BASTANTE diversão.

Ele baixou a cabeça de forma modesta, deixando que uma das mechas do corte de cabelo de cem dólares caísse sobre os olhos.

— Bem — disse ele. — De vez em quando, né? E você?

Tentei parecer surpresa.

— Eu? Ah, não me sobra tanto tempo assim pra diversão.

— Sério? — Depois de muito esforço, Randy tinha enfim conseguido enfiar a maquete na caixa. — Por que não?

— Geralmente estou ocupada demais procurando pessoas.

— Procurando pessoas? — Ele me analisou com olhos que eram da mesma cor que os de Rob. Mas, por alguma razão, desconfiei de que as íris cinza grafite de Randy não passavam de lentes de contato. — Você faz o quê? É inspetora escolar?

— Não — respondi. — Meu nome é Jess Mastriani. Talvez não tenha ouvido falar de mim. Sou a garota que foi atingida por um raio há alguns anos e acabou desenvolvendo poderes paranormais para encontrar pessoas desaparecidas.

Ele me encarou por uns cinco segundos. Aí, enfim, a ficha caiu.

— Sério mesmo? — Ele parecia interessado. — Ei, às vezes assisto àquela série sobre você. Na TV a cabo.

— Aham — falei, de um jeito meio "oh, que mundo pequeno".

— Uau! — exclamou Randy. — Que legal te conhecer. Não fazia ideia de que era tão nova. Digo, na vida real.

— Aham — repeti, dessa vez de um jeito "ai, meu Deus".

— É realmente uma honra — comentou ele, estendendo a mão para me cumprimentar. — Sou Randall Whitehead Junior.

— Eu sei — retruquei, apertando sua mão com vigor.

— Sabe? — Randy pareceu empolgado ao ouvir aquilo.

— Ah, é, né? Tipo, é claro que sabe. Você é paranormal!

— Não esse tipo de paranormal — esclareci. — Na verdade, te conheço por uma amiga sua. Hannah Snyder.

Randy de fato sabia ser suave. Ele não parou de apertar minha mão, mas senti o toque ficando um pouco mais gelado. E ele piscou, duas vezes, com força, à menção do nome.

— Snyder? — falou, então. — Acho que não conheço esse nome.

—Ah, claro que conhece, Randy — respondi, mantendo o tom amigável. — É a menor de idade que fugiu de casa. A que você escondeu no apartamento 2T no condomínio Fountain Bleu, perto do hospital. Eu mesma a encontrei lá hoje mais cedo.

Randy largou minha mão, como se estivesse pegando fogo.

— Me... me desculpe — gaguejou ele. — Não sei do que está falando.

— Claro que sabe, Randy — insisti, enquanto me perguntava o que eu estava fazendo. Minha missão tinha sido cumprida. Por que não seguia rumo ao pôr do sol no horizonte?

Só que algo em mim simplesmente não podia deixar aquilo passar. Eu desconfiava de que era a única parte de mim que não voltara destruída.

— Me diga uma coisa, Randy — falei. — Só entre nós. Quantas meninas tem deixado morar lá de graça, hein? Duas? Três? Ou mais? E como consegue evitar que uma acabe descobrindo sobre as outras?

— Eu realmente... — Randy sacudia a cabeça. — Sinceramente não sei do que você está falando.

— Infelizmente acho que sabe sim, Randy — retruquei. — Veja bem, eu sei tudo sobre...

— Hannah Snyder é uma garota bastante perturbada — interrompeu ele. — Vou simplesmente dizer que ela mentiu sobre a própria idade se você tentar acionar a polícia. E que foi ela quem chegou em mim.

— Ignorância da lei não é desculpa, Randy — continuei. — Se alguém maior de 18 anos mantiver relações sexuais com uma menor de 16, isso é crime passível de prisão no estado de Indiana, com pena estipulada em até dez anos, quatro subtraídos por circunstâncias agravantes ou atenuantes.

Randy ficou parado, me encarando.

— M-mas não há provas — gaguejou ele. — Q-que sou eu nos vídeos. Você não tem como p-provar que sou eu.

Espere aí. O quê?

Dei um sorriso para ele.

— Ah — falei. — Acho que dá pra provar que é você, sim.

Do que *ele* estava falando?

— Eu-eu preciso ir — gaguejou Randy, ficando tão branco quanto a maquete do Condomínio Pine Heights do pai. Então quase tropeçou em si mesmo na ânsia de se afastar de mim.

Alguns minutos mais tarde, Douglas e Tasha me encontraram sentada sozinha em uma das cadeiras dobráveis, tentando lembrar de minhas falas em *O leão e o ratinho* e fracassando.

— Pronta pra partir? — perguntou Douglas. — Normalmente Tash e eu saímos pra tomar um cappuccino descafeinado depois das reuniões. Quer vir junto?

— Não — recusei, ao me levantar. — Pensei em dar um rolé de moto.

— Ah — disse ele, mas continuava sorrindo. — Claro. Deve sentir muita falta disso lá em Nova York.

— Você nem faz ideia — retruquei. E não estava falando da moto.

— Bem, valeu por ter vindo com a gente — agradeceu Douglas. — Deve ter sido bem chato pra você, mas, sabe, acho que talvez tenha impressionado algumas pessoas ver a Garota Relâmpago sentada do nosso lado.

— Pois é — concordou Tasha. — Randy Junior ficou com cara de quem estava prestes a vomitar depois de ter conversado com você.

— Bem, sabe como é, né? — respondi. — Esse é o efeito que causo nas pessoas.

— Cale a boca — disse meu irmão.

Embora estivesse rindo.

Eu percebi que ouvir o som da risada de Douglas era bom. Era um som com o qual eu poderia me acostumar.

Não que eu tivesse a intenção, no entanto. Sentia que já tinha feito estrago o suficiente por uma noite. Segui para casa... e para minha moto.

Capítulo 11

Não sei o que eu pensava da vida. Talvez nem estivesse. Pensando, digo. Minha moto pareceu simplesmente seguir no piloto automático rumo ao Condomínio Fountain Bleu. Não houve qualquer decisão consciente de minha parte sobre visitar aquele lado da cidade. Foi como se eu tivesse erguido os olhos e me visto ali, entrando no mesmo estacionamento que deixara muitas horas antes.

Só que, desta vez, tinha uma coisa ali que não havia antes. E não estou só falando da quantidade muito maior de carros, afinal a maioria dos residentes do complexo devia ter voltado do trabalho e, no momento, provavelmente se encontrava saboreando suas refeições noturnas e/ou curtindo uma série de comédia em algum canal aberto (era até bem possível que alguns talvez estivessem curtindo a tal série sobre mim. Isso é, se tivessem TV a cabo).

Não, estou falando de um carro em particular. Era uma picape preta, relativamente nova, estacionada bem ao fundo, onde possivelmente passaria despercebida, ainda que fosse o local exato que eu mesma teria escolhido caso tivesse decidido fazer uma espécie de reconhecimento do terreno.

E, como eu tinha resolvido fazer exatamente o mesmo com minha noite, aquilo meio que atrapalhava um pouco meus planos.

Até que vi quem era que estava por trás do volante da picape.

Então decidi bater no vidro do motorista, após ter guardado minha moto no estacionamento vizinho num esforço para me manter discreta.

Estarrecido, Rob abriu a janela.

— O que está fazendo aqui? — perguntou ele, um pouco surpreso.

Mas não podia estar tão surpreso quanto eu estava ao ouvir o que ele escutava dentro da cabine da picape.

Era Tchaikovsky.

— Pensei em dar uma passada na mocinha do 1S — expliquei. Por que ele estava escutando música clássica? Por acaso *sequer* gostava de música clássica? Pelo visto, sim. Todo esse tempo, e nunca nem fiquei sabendo disso. O que mais eu não sabia sobre ele?

— E você?

— Estou esperando o jovem Mestre Whitehead chegar em casa — respondeu Rob com satisfação. — Aí vou lhe dar uma surra até ele cair.

— Hannah te disse o nome completo do cara? — Eu estava surpresa. Não tinha imaginado que ela se abriria assim com o meio-irmão, pois achei que desconfiaria que suas intenções não eram lá muito boas em relação a Randy.

— Não — disse ele. — Joguei no Google pra ver quem era o dono do complexo condominial Fountain Bleu e encontrei uma foto de Randy Junior. Eu ia encher o cara de porrada amanhã, depois que a mãe de Hannah passasse pra pegá-la, mas Chick se ofereceu pra ficar de olho nela enquanto eu saía. Então pude mudar os planos.

— Você não vai deixar Hannah ficar com você? — perguntei.

Rob soltou um ruído de incredulidade.

— Está de brincadeira, né? Está na cara que sou a última pessoa deste mundo que deveria criar uma adolescente. Ela me enganou com tanta facilidade quanto... bem, como você costumava enganar seus pais.

Preferi ignorar essa parte.

— Então qual é o plano? — indaguei. — Vai simplesmente esperar até que ele apareça, e depois fazer uma festa do cobertor? — Estava me referindo à velha tradição Hoosier de colocar um cobertor sobre a cabeça da vítima e então acertá-la com um bastão de baseball, ou com barras de sabão enfiadas no fundo de um meia.

— Não — respondeu Rob, tranquilamente. — Dispenso o cobertor. Acho que quero ver a cara do sujeito enquanto a esfrego no asfalto.

— Certo — falei. — Bem, boa sorte então. Acabei de vê-lo na reunião do conselho municipal, onde aproveitei pra dizer que estou de olho nele. Então, ou ele já veio aqui pra pegar a outra namoradinha e partiu, ou vai ficar bem longe do lugar durante bom tempo.

Rob parecia arrasado.

— Está de sacanagem?

— Não — respondi. — Foi mal. Mas ainda pode fazer alguma coisa útil.

Ele ergueu uma das sobrancelhas de modo questionador.

— É mesmo? Como?

— Buzine se a polícia aparecer — pedi, com uma piscadela.

Em seguida dei meia-volta e parti em direção ao complexo condominial.

Conforme esperava, a porta de um carro se abriu a minhas costas, depois se fechou. No instante seguinte, ouvi a voz de Rob logo atrás de mim.

— Mastriani — chamou ele, desconfiado. — O que você vai fazer?

— Ah — falei, dando de ombros. — Randy mencionou uma coisa que me fez querer voltar aqui pra revistar o lugar. Só isso.

— O que quer dizer com "revistar o lugar"? — perguntou Rob. O complexo condominial Fountain Bleu estava um silêncio só. Quero dizer, a não ser pelo chafariz borbulhando e pelo canto dos grilos. Até a piscina estava vazia. Fora isso, havia apenas o som de nossos passos conforme seguíamos em direção ao apartamento 1S.

— Foi só uma coisa que Randy disse — comentei. — Pode não ser nada. Ou pode ser alguma coisa. Mas tenho certeza de que você não vai querer fazer parte do que estou prestes a perpetrar, considerando que provavelmente vai envolver invasão de domicílio. E, com sua ficha na polícia...

— Não sou fichado na polícia — esclareceu Rob. — Meu registro era na vara juvenil. E já foi homologado.

Não sei por que ele acrescentou essa última parte. O que ele achava que eu ia fazer, entrar em algum computador do governo e tentar puxar o arquivo para ver o que ele tinha feito de tão grave assim para acabar tão encrencado séculos atrás? Porque obviamente eu já tinha tentado isso, sem sucesso.

— Beleza — falei. — Então você pode ficar de vigia.

— De vigia nada — retrucou Rob. — Estou dentro, Mastriani. Não vai me deixar de fora dessa. Não dessa vez.

Dei uma espiada em seu rosto. Estava de cara fechada, contraindo o maxilar e franzindo o cenho. Até parece que eu deixava *ele* de fora. Não era o contrário, não?

Mas não o questionei em voz alta. Em vez disso, falei:

— Beleza. Mas, se for pra me acompanhar, vai ter de fazer as coisas de meu jeito. E meu jeito não envolve ninguém sendo espancado até cair.

Rob pareceu verdadeiramente surpreso.

— Agora você só pode estar *mesmo* brincando — comentou ele.

— Na verdade, não estou. Não faço mais as coisas com violência. — Tomei cuidado para não o encarar no caminho até a porta do 1S. — Aprendi que existem meios mais eficazes de se resolver um problema que sair por aí, enfiando a mão na cara do adversário.

— Estou impressionado. — Uma olhada rápida para seu rosto deixou claro que ele não estava sendo sarcástico. Estava até sorrindo um pouco. — O Sr. Goodhart ficaria orgulhoso.

Lembrei de meu orientador no ensino médio e de seus esforços para refrear meu pavio curto, assim como meus punhos. Nenhuma de suas sugestões chegou a ser tão eficiente quanto ver por mim mesma, em primeira mão, o tamanho da devastação causada por uma decisão precipitada de agir primeiro, perguntar depois.

— Sim — concordei, pensando com carinho no Sr. Goodhart. — Ficaria mesmo.

Em seguida bati na porta do apartamento que Randy aparentemente dividia com a garota morena que eu o vira beijando mais cedo. Quando, para minha surpresa, ninguém atendeu, tentei a maçaneta. Vai saber, né?

Mas estava trancada.

— Foi aqui que você encontrou Hannah? — perguntou Rob.

— Não, Hannah estava no 2T.

— Ah. E agora? — Quis saber ele enquanto eu pegava a carteira no bolso.

— Está na hora de um pouquinho de ação — falei. — Tente parecer normal. Ei, tem algum cartão de crédito aí com você?

— Que você possa destruir tentando arrombar a porta? Não.

— Deixe pra lá — respondi, ao encontrar um cartão na carteira. — Tá bom. — E enfiei o cartão entre o batente e a maçaneta. Era um truque que jamais funcionaria em nosso apartamento em Nova York, onde tínhamos um ferrolho.

Mas quem precisa de ferrolho em uma cidadezinha pacata como essa? A menos, claro, que você seja Randy Whitehead e esteja fazendo o tipo de coisa que eu suspeitava que Randy estivesse fazendo.

— Ei — disse Rob, baixinho, quando viu o cartão que eu usava para empurrar a trava. — Não vai precisar disso no outono?

Baixei os olhos e vi meu rosto me encarando de volta na foto do cartão de identificação da Juilliard. Tendo em conta que, no dia em que aquela foto foi tirada, eu estava começando toda uma vida nova, na escola onde sempre quisera estudar, onde estaria fazendo, durante o dia inteiro, o que mais amava fazer no mundo, era de se imaginar que eu fosse sair com uma cara empolgada e feliz na foto.

Em vez disso, eu parecia estar mal-humorada e meio irritada. Eu tinha me perdido no metrô a caminho de meu compromisso, e estava com calor e exausta, e um mendigo ainda tinha cuspido em mim por motivo algum.

Ah, claro. Realmente adoro Nova York.

— Posso fazer outro depois — comentei, dando de ombros, sem mencionar a taxa de quarenta dólares da segunda via. Ou o fato de querer vomitar só de pensar em voltar para a faculdade no outono.

Então, quando minha foto já estava quase toda descascada, a porta se abriu uma fração de centímetro.

Levei o dedo aos lábios e olhei com seriedade para Rob. Depois empurrei toda a porta e chamei:

— Randy? Está por aí?

Mas dava para ver, pelas luzes apagadas, que não havia ninguém ali.

Passei o braço pelo batente da porta e liguei as luzes do teto. Iluminaram todo o apartamento que era quase igual ao do andar de cima, onde eu tinha encontrado Hannah, inclusive com o mesmo conjunto de couro pavoroso na sala.

Fiz sinal para que Rob me seguisse apartamento adentro, então fechei a porta.

— E aí — disse ele, passando os olhos por aquela sala sem graça e, com toda franqueza, deprimente. — E agora? A gente vai ficar aqui esperando até ele chegar em casa pra cair de pau em cima dele?

— Não — retruquei. — Já disse. Não faço mais esse tipo de coisa. E, se estiver a fim de ficar comigo, também não pode fazer. Tem maneiras melhores de fazer alguém se arrepender que com uma surra.

— Sério mesmo? — Rob tinha parado para pegar uma revista que alguém deixara sobre a mesinha de centro com tampo de vidro em frente à televisão de tela plana. *Teen People.* — Estou bastante interessado em saber mais sobre essas maneiras.

— Veja e aprenda, meu amigo — falei, seguindo em direção ao quarto. — Veja e aprenda.

O quarto era tão deprimente quanto a sala. Não porque era sem graça ou quase sem mobília. Era o contrário, na verdade. A cama king estava forrada com uma colcha bege de muito bom gosto, e as paredes tinham sido decoradas com cópias de Monet elegantemente emolduradas. Havia um espelho dourado e caro sobre uma cômoda comprida e moderna. Além disso, os detalhes do banheiro eram top de linha.

Mas era um quarto que simplesmente não transparecia o menor traço da personalidade de quem o habitava. Havia uma escova de cabelo sobre a cômoda e rastros de maquiagem. No closet, alguns poucos vestidos e tops de um estilo que indicava que a dona era jovem e razoavelmente atraente, ou pelo menos segura quanto à própria aparência, afinal os vestidos eram minúsculos.

Mas não havia fotos, livros, CDs — nadinha, nada mesmo que desse alguma pista sobre quem a garota morena era de fato.

— O que a gente está procurando? — perguntou Rob, abrindo as gavetas da cômoda e não encontrando mais que calças jeans e calcinhas um tanto provocativas.

— Te aviso quando encontrar — informei, revistando o quarto. Havia um detector de fumaça no teto, centralizado diretamente sobre a cama.

— Talvez ele tenha ido pra casa dos pais — disse Rob, referindo-se a Randy. — Eles moram aqui mesmo no centro, sabia? Naquela área nova atrás do shopping.

— Que área nova atrás do shopping? — questionei, espantada.

— Uma que Randy Whitehead pai construiu — respondeu ele, parecendo surpreso que eu não soubesse.

Mas logo emendou: — Ah, claro. Foi enquanto voce estava fora. Bem, pois é, ele construiu uma área nova. É cheia de casas com cinco, seis quartos, três vagas de garagem e piscina.

— McMansões — comentei.

— Exato. Aposto que a gente encontraria Randy lá — disse Rob. — Na casa do papai e da mamãe. Eles provavelmente têm um sistema de segurança, a região tem até portão.

Ergui as sobrancelhas.

— Uma comunidade com portão? Aqui na cidade? Sério?

— Mantém a gentalha do lado de fora — explicou Rob. — E também irmãos mais velhos doidos pra dar uma surra em Randy.

— A gente não está atrás de Randy — expliquei, encarando meu reflexo no espelho dourado sobre a cômoda. A cama king estava bem atrás de mim.

— Bem, o que *a gente* está procurando então? — indagou ele.

— Eu já disse. Te aviso quando encontrar. Me ajude a tirar esse espelho daqui.

Rob olhou para o espelho enorme.

— Sem chance. Isso deve estar até embutido na parede.

— Não está — retruquei, simplesmente, e me posicionei para alcançar embaixo de uma das extremidades da moldura. — Vamos. Suspende aqui.

Rob ficou com a extremidade oposta, e suspendemos o espelho da parede. Não foi fácil, aquela coisa pesava uma tonelada. E, com a cômoda no caminho, era difícil de equilibrá-lo.

Mas, por fim, conseguimos tirar o espelho e o encostamos contra a cama.

Então ambos ficamos olhando para o espaço no meio da parede onde antes havia o espelho. O espaço onde um pedaço da parede fora cortado, de modo que uma câmera fosse colocada ali, filmando aparentemente tudo o que rolava no quarto através do vidro do espelho, que aparentemente não era apenas um espelho coisa alguma.

Ao ver a câmera, Rob soltou um palavrão bem pesado.

— Lembra que você me pediu pra contar o que a gente estava procurando? — perguntei. — E eu disse que avisaria quando a gente encontrasse? Pois bem, encontramos.

Capítulo 12

— Mas, sério, Jess — disse Rob. — Como você sabia?
— Eu não sabia — respondi. Estávamos sentados no chão do closet do apartamento 1S. Ao redor, havia uma pilha de sapatos masculinos que tínhamos puxado da prateleira em que a câmera fora posicionada a fim de mirar o buraco na parede que enquadrava o quarto. Randy visivelmente a tinha escondido com pilhas e mais pilhas de Adidas e mocassins da JP Tod.
— Só desconfiei — falei. — Uma coisa que ele disse.
Rob examinava as fitas que foram puxadas de uma prateleira bem mais alta que nós; tive de ser levantada para alcançá-las. Randy obviamente usava uma escadinha. Cada fita estava cuidadosamente etiquetada com um nome. CARLY. JASMINE. ALLISON. RACHEL. BETH.
Havia múltiplas cópias de cada. Infelizmente, acho que teríamos de assistir a todas para ver se eram cópias de uma mesma fita, ou vídeos diferentes de uma mesma garota.

Não que importasse. A não ser pelo fato que, se fossem mesmo múltiplas cópias de uma mesma fita, isso significava que não eram de uso meramente caseiro, mas também comercial.

Não estava certa se isso já tinha passado pela cabeça de Rob, e não seria eu quem puxaria o assunto. Ele já estava pálido demais para meu gosto.

— Ele está gravando as meninas — disse ele de onde estava sentado no chão do closet... acarpetado de (o que mais?) bege.

— Algumas — comentei. Eu ficara aliviada por não ter encontrado escrito em fita alguma HANNAH. Só esperava que o porquê disso (que as fitas, caso existissem, estariam no andar de cima, no apartamento 2T) não passasse pela cabeça de Rob.

— Por acaso acha que ele tem fitas de Hannah em algum lugar? — perguntou ele.

Ops. Pelo visto tinha passado *sim* por sua cabeça.

— Não vamos tirar conclusões precipitadas — retruquei.

Mas era tarde demais. Ele já tinha se colocado de pé. *Droga.*

Com esforço, coloquei todas as fitas que tínhamos puxado da prateleira de volta nas caixas.

— Rob. Espere. Não vai fazer nada...

— Não vai fazer nada o quê? — questionou ele, virando-se com tudo para me encarar da entrada do closet. — Precipitado? Violento? O quê? Jess, o que você quer que eu faça? É minha *irmã*.

Então Rob deu meia-volta e saiu do quarto, agitado.
Droga. Que droga. Enfiei tudo quanto foi fita que consegui pegar dentro da caixa que eu segurava, e saí cambaleando atrás de Rob. Sem brincadeira, que caixa pesada. Havia muitos vídeos ali dentro.
— Rob — gritei. — Rob, não...
Mas era tarde demais. Ele já havia deixado o apartamento.

Eu sabia para onde estava indo, no entanto, e o segui com pressa, mas praticamente me arrastando com aquela caixa de vídeos.

— Rob — chamei, seguindo-o, atrapalhada, naquela quente brisa noturna, para subir a escadaria externa de concreto até o segundo andar. — Pense um pouco antes de fazer alguma coisa.

— Na real — disse ele, ao passar voando pela porta do 2S e se ver bem em frente ao 2T. — Não quero pensar em nada, não.

— Bem, pelo menos me deixe...
Mas já era. Antes que eu conseguisse sacar o cartão de identificação, ele tinha arrombado a porta com um só chute do calcanhar da bota de motoqueiro.

— Bem — comentei, colocando a caixa de fitas no chão e o acompanhando apartamento adentro —, isso foi bastante sutil. Certamente ninguém deve ter reparado.

O apartamento 2T estava exatamente do mesmo jeito que eu o deixara algumas horas antes. E o esquema era igualzinho ao do apartamento de baixo. A câmera estava no closet do quarto atrás do espelho. Só que os nomes nas fitas eram outros. Infelizmente, havia várias com HANNAH escrito.

— É isso — murmurou Rob. — Esse cara está morto.

— Não, não está — retruquei, com dureza, tomando uma fita de suas mãos e a colocando de volta na caixa. — Você não vai fazer nada com ele, Rob. Sério. A polícia pode resolver isso.

Sua respiração estava superpesada. Parecia estar se esforçando para tentar controlar algo que simplesmente não se aquietava.

— É isso que está pensando em fazer com os vídeos? — perguntou ele, lançando o queixo em direção à caixa que eu carregava. — Entregar tudo à polícia?

— Mais tarde — respondi. — Primeiro vou assisti-las.

Rob fez uma cara de pura incredulidade.

— Você vai...?

— Eu preciso — interrompi, depressa. — Alguém tem de tentar descobrir o que aconteceu com todas essas garotas, não acha?

O semblante de Rob mudou.

— Você acha que ele...?

— Não sei — interrompi, novamente. — Mas vou descobrir. E aí... bem, pretendo usar as fitas como trunfo.

— Trunfo? — Então foi a vez de Rob me seguir conforme saí do 2T e coloquei a caixa que segurava em cima da caixa que eu apanhara no 1S. — Trunfo pra quê?

— Ainda não sei direito — retruquei, endireitando a postura. — Mas de uma coisa tenho certeza: essa história, Rob, é bem maior que apenas um cara pegando várias garotas. Isso parece um esqueminha caseiro que Randy tem por fora, o que é bem diferente do que se ele fosse só mais um babaca tarado, com uma queda por fugitivas de casa menores de idade. Consegue perceber isso, não consegue?

A respiração de Rob ainda estava bem pesada. Em meio ao silêncio da noite, era tudo o que dava para ouvir, fora os grilos e as claques ocasionais vindas da TV de algum apartamento vizinho.

O olhar que ele cravou em mim sob o brilho da lâmpada em cima da porta foi afiadíssimo.

— Jess — disse ele, a voz carregada de desconfiança. — O que está fazendo?

— Melhor não conversarmos sobre isso aqui — respondi na hora que uma mulher com um golden retriever na coleira saiu do 2L e nos lançou um olhar questionador antes de seguir escada abaixo. — Vamos. Pegue uma caixa.

Para minha surpresa, Rob fez o que pedi... só que pegou as duas caixas de uma vez e começou a descer a escada.

— De mudança? — perguntou a mulher, em um tom agradável, quando passamos por ela na saída rumo ao estacionamento.

— Aham — retruquei.

— Esse aí é bem mais bonito que aquele seu último namorado — comentou ela, indicando as costas de Rob e dando uma piscadela de aprovação.

— Eu não... — comecei a balbuciar, então percebi que ela pensava que eu morava no 2T com Randy. — Ele não é... — Aí, já vermelha de vergonha, me limitei a dizer: — Obrigada. — E saí correndo para alcançar Rob.

— O que foi que ela disse? — perguntou ele, enquanto seguia rumo à picape.

— Nada não — respondi. Torci para que ele não reparasse no quanto meu rosto parecia corado sob a claridade dos postes. — Pode me seguir até lá em casa e me ajudar a descarregar essas caixas? Não tenho como levar isso na moto.

Rob parecia querer dizer alguma coisa, mas apenas acenou com a cabeça e entrou na picape depois de guardar as caixas na traseira. Então, fui até o estacionamento ao lado para pegar a moto (tentando não pensar na vista de trás de Rob ao subir no carro com aquele jeans desbotado que lhe ficava tão bem), e guiei até onde ele me esperava.

Em seguida, ambos deixamos o complexo condominial Fountain Bleu e partimos rumo a minha casa, na Lumbley Lane.

Era uma noite quente de verão no sul de Indiana. No centro da cidade, os adolescentes curtiam em bandos, perambulando pela Main Street nos carros dos pais, ou reunidos em rodinhas do lado de fora do que antes era o Chocolate Moose, mas tinha se transformado em uma Dairy Queen. Ao parar no sinal vermelho (sempre tivera um semáforo ali ou era novidade também?) e ver aquela galera caindo de boca nos sundaes de pasta de amendoim, foi difícil não pensar no quanto pareciam novos, ainda que nem fizesse tanto tempo assim que eu mesma estivesse em uma daquelas rodinhas...

Embora, pensando melhor, não tivesse de fato. Digo, curtido com a galera pelo centro. Eu não tivera tantos amigos assim na escola, fora Ruth, que sempre vivia de dieta. Sei bem o quanto minha mãe queria que eu fosse como essas garotas, balançando os longos cabelos e dando risadas com os coxinhas que as convidaram para sair.

Mas eu sempre tinha usado cabelo curto, e o único garoto por quem tinha me interessado não era exatamente alguém que minha mãe aprovasse...

— Jess?

Virei a cabeça. Alguém tinha dito meu nome?

— Jess Mastriani?

Então ouvi de novo. Olhei em volta e vi uma mulher parada no meio-fio, de braço dado com um cara de cabelo escuro, vestindo camisa polo e jeans.

— Minha nossa, é você *mesmo*! — gritou ela, quando levantei o visor do capacete para vê-la melhor. — Não está me reconhecendo, Jess? Sou eu, Karen Sue Hankey!

Eu a encarei. Era *mesmo* Karen Sue. Só que com uma aparência muito, muito diferente de quando a vira pela última vez.

Mas também, considerando que numa das últimas vezes em que a tinha visto o nariz ainda estivera com uma tala de quando eu o havia quebrado, não a reconhecer não era uma grande surpresa.

Ainda assim, estava com uma aparência totalmente diferente da que costumava ter na escola. Ela fizera alguma coisa para alisar o cabelo, e tinha se livrado daqueles babados todos nas roupas em troca de um tubinho creme, sem manga e sofisticado.

E, obviamente, tinha feito plástica no nariz.

— Nossa, não estou acreditando que é você mesmo — entusiasmou-se Karen Sue. — Scott, venha ver quem está aqui! Jessica Mastriani. Lembra, aquela que eu disse que estudou comigo? A Garota Relâmpago? Que tem uma série baseada na vida dela.

Scott, que imaginei ser um desses garotos de fraternidade que Karen Sue tinha conhecido em qualquer que fosse a universidade de prestígio em que estivesse estudando, e que ela levara para casa a fim de apresentar aos pais, disse de um jeito vagaroso:

— Ah, sim. Jessica Mastriani. Li tudo o que saiu sobre você, claro, e sobre as coisas incríveis que fez pelo país. É um prazer te conhecer.

Fiquei ali, encarando os dois. Na última vez que tinha visto Karen Sue (bem, por volta da última vez, pelo menos), eu tinha enfiado a mão em sua cara. E agora ela agia como se tivéssemos sido as melhores amigas deste mundo?

É o que acontece quando a pessoa fica minimamente famosa. Todos, mesmo seus piores inimigos, tentam ser simpáticos com você.

— Você se lembra de mim, não é, Jess? — Karen Sue não parecia tensa. Ela soltou uma de suas irritantes risadas estridentes. — Ouvi dizer que você perdeu os poderes e tal, mas ninguém me disse que perdeu a memória também! Escute, o que você vai fazer amanhã de manhã? Quer tomar um brunch? Talvez a gente possa fazer umas comprinhas depois. Me ligue. Vou passar essa semana na casa de meus pais. É só mesmo uma visitinha durante o recesso da Vassar.

O sinal ficou verde. Baixei o visor.

— Ou talvez eu possa te ligar — gritou Karen Sue. *Agora* sim ela estava parecendo tensa. — Você está ficando na casa de seus pais, né? Jessica? Jess?

Acelerei e arranquei com a moto. O que quer que ela tenha dito depois disso se perdeu em meio ao ronco da válvula de escape.

Só fui desacelerar de novo ao chegar, enfim, à entrada da garagem de casa. Desliguei o motor e estava tirando o capacete quando Rob encostou ao lado.

— O que foi aquilo? — perguntou ele. — Quem era aquela garota?

— Ninguém — respondi. — Só uma velha conhecida.

Rob me analisou através do vidro aberto do carro.

— Uma velha conhecida, né? — disse ele, monocórdio. — Acho que o que mais tem por aqui é gente de quem você pode falar isso.

— Pois é — retruquei, sem morder a isca... do que quer que fosse. — Será que posso pegar as caixas, por favor?

Rob sacudiu a cabeça, então saiu da picape e deu a volta para pegar as caixas com as fitas, acomodando-as suavemente em meu gramado.

A Lumbley Lane estava tranquila, não era exatamente uma via principal. Havia apenas poucas luzes acesas na casa dos pais de Tasha do outro lado da rua, assim como na minha. As pessoas no sul de Indiana costumam ir para cama cedo, no máximo depois do jornal das onze. Não é como em Nova York, onde, às vezes, as festas nem sequer começam antes da meia-noite, ou das duas ou três da madrugada. As únicas coisas ainda de pé às duas ou três da madrugada nesta parte do mundo eram os grilos.

— Vai me deixar por dentro do plano — quis saber Rob, quebrando o silêncio da noite — ou vai continuar me deixando de fora?

Senti os dentes cerrando.

— Não sou eu que fico deixando os outros de fora — respondi.

— Ah, claro. — Rob chegou até a rir.

— Não sou *mesmo* — insisti. Como ele ousava rir? Foi *ele* quem não quis ser sincero comigo sobre a Miss "Peitos tão grandes quanto minha cabeça". Não que eu a tivesse mencionado ultimamente. Ainda assim.

— Não dá pra eu ficar sentado sem fazer nada em relação a esse cara, Jess.

— Sei disso — afirmei. — E a gente não vai ficar sem fazer nada, só não vai machucar o cara. Fisicamente, pelo menos. Só precisa confiar em mim nessa.

Foi quando ele me encarou e disse com certa incredulidade no olhar:

— Ah, tá. Tipo, como você confia em mim?

Eu sabia o que estava por vir.

E sabia também que não estava nada preparada para aquilo.

— Tenho de ir — falei, girando para pegar uma das caixas e seguir para a varanda de casa.

Mas Rob, exatamente como eu temia, segurou meu braço.

— Jess.

O tom de voz, em meio à tranquilidade da noite, era suave... embora a pegada, da qual eu tentava me livrar, definitivamente não o fosse.

— Realmente não quero conversar sobre isso agora — declarei, entre dentes, mantendo o olhar cravado na porta da casa de meus pais. Nem morta que eu ia encará-lo. Nem *morta*. Só se fosse para me desfazer mesmo. Ia me desfazer em lágrimas bem ali na entrada.

— A gente tem de conversar sobre isso, uma hora ou outra — disse Rob, no mesmo tom suave de voz, embora a mão em meu braço não tivesse aliviado um átimo sequer. — Não vou te deixar partir sem essa conversa. Não desta vez.

— Tem de me deixar ir — retruquei, ainda com os olhos grudados na porta de casa. Minha mãe a tinha pintado de azul. Quando foi que ela fez isso? A porta sempre tinha sido vermelha. — O entregador de jornal vai chamar a polícia se ele chegar aqui de manhã e encontrar a gente assim.

— Não quis dizer necessariamente nesta noite — explicou Rob, relaxando o punho. Puxei o braço e me virei para olhar bem em sua cara. Sabia que seria seguro olhar para ele então. Desde que não estivesse me tocando.

— Mas a gente precisa conversar uma hora ou outra antes de você voltar a Nova York — prosseguiu Rob, com o semblante sério como eu jamais vira, sob a luz da lua que tinha acabado de começar a nascer. — Sei que você não está a fim, mas eu quero. Eu preciso. Acho que nunca vou ser capaz de superar a gente sem essa conversa.

Eu tive de rir desse comentário.
— Ah — falei. — Ainda não superou?
Ele franziu a testa.
— Não. O que te faz pensar que superei?
— Nossa, nem sei — retruquei, sarcástica. — Talvez tenha sido aquela loira que eu te flagrei beijando.
A testa ficou ainda mais contraída.
— Jess. Eu já *disse*. Aquela...
— Jessica! Até que enfim!
A voz de minha mãe ecoou pelo gramado.

Capítulo 13

Virei e dei de cara com minha mãe na varanda, nos observando.

— Não vai convidar seu amigo para entrar? — perguntou ela.

Então ligou a luz da varanda e viu de fato quem era "meu amigo".

— Ah — disse ela, estarrecida. — Olá, Robert.

A expressão de Rob foi de alguém que comeu e não gostou, mas sua voz foi amigável o suficiente ao responder:

— Oi, Sra. Mastriani.

— Bem — comentou minha mãe. — Me desculpem. Eu não tinha notado... não quis interromper...

— Tudo bem — falei, curvando-me para pegar as caixas. Suspendi as duas sem o menor problema. Para ver o tanto que eu estava em pânico na hora. Nem sequer me toquei do quanto eram pesadas. — Não interrompeu nada, não. A gente já estava se despedindo mesmo.

— Certo — disse Rob, enquanto eu atravessava depressa o gramado. — A gente já estava se despedindo.

— Me ligue amanhã de manhã, Rob — pedi, subindo os degraus da varanda. — Pra gente decidir o que fazer a respeito daquele *assunto*.

— Pode deixar — afirmou ele para minhas costas. — Boa noite.

— Boa noite, Robert — gritou minha mãe. Então, para mim, enquanto eu cruzava a varanda, disse agradavelmente: — O que tem aí dentro, Jessica?

— Só umas fitas de vídeo — respondi, passando rapidamente por ela e entrando em casa na esperança de me desvencilhar antes que minha mãe percebesse o quão vermelho estava meu rosto... e o quanto meu coração quase saltava pela boca.

Felizmente, ela não notou como eu parecia desnorteada nem demonstrou o menor interesse pelo conteúdo das caixas. Estava muito mais interessada em descobrir o que vinha rolando entre mim e Rob.

— Fitas de vídeo? — repetiu ela, fechando a porta de casa. Escutei Rob dando partida na picape do lado de fora. — Sei. Bem. Eu não sabia que você e Rob Wilkins tinham voltado a manter contato.

— A gente não voltou — retruquei. — Bem, não voltamos realmente. A gente está só... trabalhando junto em um projeto aí, só isso. Algo a ver com a irmã dele. — Eu tinha começado a andar em direção à porta do porão, onde meu pai havia montado um cantinho para que pudesse assistir a seus jogos em paz.

— Não sabia que Rob tinha uma irmã — comentou minha mãe.

— Pois é. Bem, nem ele sabia.

— Ah. — Minha mãe sempre foi especialista em imputar mais significado a uma única palavra que qualquer um que conheço. Aquele *Ah* dizia muito, em grande parte significava o quanto ela não estava nada surpresa que alguém da laia de Rob tivesse uma irmã ilegítima.

— E quanto àquela garota lá? — Quis saber ela. — Aquela que você disse que o viu beijando aquele dia?

Mais que nunca, desejei que tivesse mantido a boca fechada sobre a Miss "Peitos tão grandes quanto minha cabeça". Pelo menos para meus pais.

— Era a irmã dele? — perguntou minha mãe.

— Nossa, mãe. Não!

— Ah — retrucou ela. — Bem, mas e aí? Vai simplesmente perdoar Rob por aquilo? Você estava em outro país, arriscando a vida, lutando na guerra, enquanto ele...

— Mãe — interrompi, com um grunhido. — Dá um tempo, beleza?

— Bem, só estou falando — prosseguiu ela — que, se já aconteceu uma vez, vai acontecer de novo. Esse é o problema com garotos desse tipo.

Parei na porta do porão e lancei um olhar para ela por cima do ombro.

— Garotos de que tipo, mãe? — questionei, em tom contido.

— Ora, você sabe — respondeu ela. — Garotos que não tiveram os mesmos privilégios na vida que você.

— Quer dizer caipiras — afirmei, impressionada com como consegui manter meu tom de voz nivelado.

— Não, não foi isso que eu quis dizer — negou minha mãe, mostrando-se ofendida. — Tenho certeza de que Rob é um rapaz muito bom, tirando a parte de beijar outras meninas nas suas costas. Mas você sabe perfeitamente que ele nunca vai deixar esta cidade.

— O que tem de errado em morar nesta cidade? — exigi. — Você e meu pai moram aqui. Douglas mora aqui. Se a cidade é boa o suficiente pra vocês, por que não é boa o suficiente pra mim? Quero dizer, pra Rob?

— Como pode me perguntar uma coisa dessas? — indagou minha mãe, sem dúvida com a mais pura e genuína curiosidade. — Jessica, você tem tanto potencial. Por que desperdiçaria isso tudo ficando aqui neste fim de mundo, quando pode ter uma carreira de verdade, viajando por aí, conhecendo pessoas novas, interessantes, fazendo de fato alguma diferença?

— Quer saber, mãe? — retruquei. — Na real, já fiz tudo isso. E olhe só aonde foi que cheguei.

Ela me lançou um olhar amargurado.

— Sabe o que quero dizer, Jessica. Você é uma palestrante motivacional requisitada, graças aos antigos poderes e a todo o bem que praticou por meio deles. Ora, já recebi cartas de grupos, perguntando se você não aceitaria discursar em organizações de cantos tão distantes quanto o Japão. Todas as despesas seriam pagas, além de um cachê de vinte mil dólares. Você tem uma carreira das mais promissoras pela frente...

Eu a encarei bem no fundo dos olhos, o que foi meio difícil porque já tinha começado a descer a escada até o porão e ela se encontrava um patamar acima de mim, fora que já é mais alta que eu sob circunstâncias normais.

— E é esse o futuro que você imagina pra mim — falei. — Viajar pelo mundo inteiro, conversar com as pessoas sobre um poder que eu *costumava* ter, sobre o bem que eu *costumava* fazer. Mas que tal fazer o bem agora? Sem me valer de meus poderes? Porque existem outras coisas que posso fazer agora, mãe, que não envolvem percepções extrassensoriais.

— Ora, claro, amor — disse ela. — Todos os seus professores falam que você poderia facilmente se tornar membro de uma orquestra de renome internacional caso se dedicasse. Poderia sair em turnês mundiais, tocando em lugares interessantes, como Sydney, na Austrália. E, considerando que Skip provavelmente vai arrumar emprego em alguma empresa de investimento em Nova York, se você conseguisse uma cadeira na Filarmônica, ora, seria simplesmente perfeito! Vocês dois poderiam morar juntos em um apartamento pequeno, e voltariam pra nos visitar nos feriados, e... bem, vai saber? Talvez até se casem e comecem uma família própria!

Continuei simplesmente a encarando. O que eu poderia dizer? Não dava para admitir que, só de pensar em tocar em uma orquestra de renome internacional, eu sentia vontade de sair correndo aos gritos pela rua. Não dava para admitir que eu já não aguentava mais viajar, que tinha amassado cada um daqueles convites de palestra que ela tinha me encaminhado e jogado tudo no incinerador. Não dava para admitir que, só de me imaginar casando com Skip, eu sentia vontade de vomitar até nunca mais parar.

Porque, se eu dissesse qualquer uma dessas coisas, sei que ela rebateria, *"bem, então o que você quer fazer em vez disso?"*

E, se eu dissesse o que quero, quem não pararia de vomitar seria ela.

Então me limitei a dizer:

— Olhe só. Estou meio ocupada.

E continuei descendo a escada até o porão.

— Bem — disse minha mãe a minhas costas. — Não fique acordada até tarde! Aquela fofa da Karen Sue Hankey ligou faz uns minutos e combinou de te levar pra tomar um brunch amanhã de manhã. Fiquei tão feliz por vocês terem se acertado. Nunca entendi por que você não gostava de Karen Sue. Ela é um amor de menina.

Maravilha. Revirei os olhos. Ainda os revirava ao chegar ao porão e dar de cara com meu pai, sentado na frente da televisão, que tinha sido colocada no mudo para que ele pudesse ouvir a conversa entre mim e minha mãe.

— De minha parte, sempre achei essa tal de Karen Sue meio chatinha — comentou ele. — Mas talvez ela tenha melhorado com a idade.

— Não melhorou — assegurei, e deixei as caixas no chão quando Chigger, que vinha dormindo no sofá ao lado de meu pai (algo inadmissível, segundo as regras de minha mãe), pulou para me dar uma lambida antes de se acalmar de novo.

— O que tem aí nessas caixas? — perguntou meu pai, curioso.

— Pornografia amadora — respondi.

Ele ergueu as sobrancelhas.

— Interessante. Suponho que tenha trazido esses vídeos pra assistir aqui embaixo.

— Só pra ver se são de uso caseiro ou para distribuição.

— E tem diferença?

— Bem, uma prática é protegida pela Primeira Emenda — respondi. — A outra é crime se as garotas forem menores de idade, e caso não soubessem que estavam sendo filmadas.

— Na verdade, se forem mesmo menores, acho que ambos são crimes — argumentou ele, pegando o controle remoto e desligando a TV a cabo. — Fique à vontade. Suponho que seria altamente inapropriado eu ficar aqui te fazendo companhia.

— Que nada — falei, inserindo a primeira fita, na qual estava escrito TIFFANY. — Só vou assistir ao começo pra ver se são iguais ou diferentes.

— Bem, sendo assim — comentou ele —, se não se importa, vou ficar. Já não é mais todo dia que posso passar um tempo assim a sós com você...

O vídeo começou com uma menina novinha, que presumi ser Tiffany, vestindo só calcinha e sutiã e atirando-se em uma cama que reconheci como a do apartamento 1S. Enquanto isso, meu pai prosseguiu:

— ... embora não ache que seja exatamente isso que o Dr. Phil quis dizer ao encorajar que pai e filha passem mais tempo juntos.

Um sujeito que sem sombra de dúvida era Randy Whitehead apareceu na tela, usando uma cuequinha branca. Antes que alguma coisa pudesse acontecer, ejetei a fita e inseri a próxima, intitulada TIFFANY.

— Posso saber onde foi que a senhorita arrumou essas obras-primas do cinema moderno? — Quis saber meu pai.

— E quem seria esse jovem rapaz? Ele me parece familiar.

— Deve parecer mesmo — retruquei, apertando o PLAY. — É Randy Whitehead Junior.

— Filho do abastado empreiteiro Randall Whitehead — completou ele, conforme assistíamos a Tiffany se atirando sobre a cama do 1S de novo, soando impressionado.

— Quer dizer então que Randy está vendendo pornografia amadora agora? Isso deve encher o pai de orgulho.

— Não tenho certeza se o pai sabe — esclareci, tirando a fita. Era obviamente uma cópia da primeira a que tínhamos assistido.

— Mas por que será que estou com a sensação — perguntou meu pai — de que logo, logo vai acabar descobrindo?

— Porque esse é o tipo de filha que você criou — respondi, e enfiei uma fita com o nome KRISTIN.

— Tome cuidado, Jess — pediu ele. — Randy Whitehead pai é um sujeito bastante poderoso hoje em dia por essas bandas. Dizem que tem conexões até em Chicago.

— Por conexões — falei, observando a garota morena que eu tinha visto Randy beijando na entrada do 1S aparecer na tela —, suponho que esteja falando da máfia?

— Pois supõe corretamente.

— Não se preocupe — garanti, tirando a fita e inserindo a próxima escrito KRISTIN. Então era esse o nome da menina de cabelo escuro. Kristin. Onde estaria Kristin agora, me perguntei. Trancada com Randy na casa dos pais dele? Seria difícil explicar aos pais o que ele estava fazendo com uma garota tão mais nova. — Tenho apoio.

O rosto de meu pai estava inexpressivo, e o tom de voz, completamente neutro.

— É, ouvi dizer. Ao menos, acho que ouvi a sua mãe mencionar algo com você sobre o Rob Wilkins.

— Pois é — falei. A segunda fita com o nome KRISTIN era obviamente igual à primeira. Apertei o EJECT de novo. — Foi por isso que voltei. A irmã de Rob, uma meia-irmã que ele descobriu recentemente, fugiu de casa, e ele me pediu que ajudasse a encontrá-la.

Não sei por que me sentia confortável explicando tudo isso a meu pai, mas não a minha mãe. Acho que é porque ele sempre gostou de Rob, já minha mãe... não.

— E você o ajudou? — perguntou ele, novamente se preocupando em usar um tom neutro.

Inseri uma nova fita. E, sem desgrudar os olhos da tela da TV, respondi:

— Aham.

— Então. Voltou.

Eu não precisava perguntar o que ele queria dizer com isso. Sabia bem o que esse *voltou* significava.

— Sim — afirmei, ainda de olho na TV, na qual uma ruiva que não deveria ter mais que 14 ou 15 anos dava pulinhos na cama do 2T.

— O que vai fazer a respeito disso? — questionou meu pai.

— Ainda não sei — respondi. Ejetei a fita assim que Randy apareceu na tela.

— Por acaso essas fitas — quis saber ele — têm algo a ver com a irmã de Rob?

Minha mão pairou sobre as fitas com HANNAH escrito. Em vez disso, peguei uma com o nome da ruiva.

— Sim — confirmei. Não me sentia como se estivesse traindo a confiança de Rob ao admitir isso a meu pai. Porque, afinal, era meu pai.

— Que dureza, hein? — comentou ele. — Ele deve estar sofrendo.

— Ele não ficou muito contente com essa história, não — admiti.

— Descontente o bastante pra fazer algo idiota contra Randy?

— Se eu não o impedir — respondi.

— Caso alguma coisa aconteça com Randy — disse meu pai —, o pai vai cobrar um ou outro favorzinho dos amigos lá de Chicago. Rob pode acabar bem encrencado.

— Eu sei — afirmei, muito embora não estivesse tão preocupada com a possibilidade de Rob terminar com blocos de cimento nos pés quanto estava com a possibilidade de ele terminar no bloco de alguma prisão. — Estou bolando um plano que vai acabar sendo mutuamente satisfatório para todos os envolvidos.

— Hummm — retrucou meu pai. — Que bela mudança. Antigamente, se uma briga estourasse, você seria a primeira da fila.

— Bem — falei. — Já tive minha cota de brigas.

— Bom saber — disse ele. Então, já em um tom de voz nada neutro, mas carregado de preocupação paterna, acrescentou: — Jess, escutei a conversa entre você e sua mãe. Não deixe que ela te desanime. Sabe que nós vamos te apoiar, tanto ela quanto eu, independentemente do que decidir fazer.

De repente, meus olhos se encheram de lágrimas. As imagens simplesmente nadavam na tela a minha frente.

— Eu não quero ser flautista em uma orquestra, pai!
— Pude me ouvir dizendo.

— Eu sei. — Foi tudo o que ele falou.

— E não quero participar de círculos de conferências e ficar falando sobre meus poderes — continuei, sem tirar os olhos da tela borrada.

— Eu sei.

— E não quero me casar com Skip.

— Eu também não ia querer me casar com Skip. Mas o que você *quer* então? — perguntou meu pai.

— Eu quero... — Dei uma fungada. Não pude evitar. — Não sei o que eu quero. Mas não posso voltar ao Dr. Krantz. *Não posso.*

— Ninguém está pedindo isso. E, se pedirem, acho que você deveria dizer não.

— Mas como, pai? — indaguei, enfim olhando para ele, embora não conseguisse de fato vê-lo por causa das lágrimas. — Douglas tinha razão. As pessoas *precisam* de mim.

— Precisam, sim — afirmou ele, com um aceno de cabeça. — Só não tenho certeza se precisam de você desse jeito. Existem outras maneiras de se fazer o bem, sabe, além de como você já vem fazendo. E acho que já fez bem mais que sua parte nisso. Talvez seja hora de tentar algo novo.

— Mas o quê, pai? — perguntei, com a voz falhando.

— Algo que você realmente goste de fazer — respondeu ele. — Algo que te deixe feliz. Alguma ideia do que possa ser?

Tentei relembrar a última vez que tinha me sentido feliz. Feliz de verdade. Era meio horrível perceber que eu não conseguia lembrar. Consegui apenas pensar nos olhares das crianças da colônia de férias de Ruth, a forma como me olhavam quando eu entregava a elas uma flauta toda brilhosa, doada por alguma corporação, e dizia que eu podia ensiná-las a tocar.

— Bem — falei, devagar. — Sim. Acho que tenho uma ideia, sim.

— Que bom — disse meu pai. — Então veja se consegue pensar num jeito de fazer isso o tempo todo. É assim que a vida funciona, sabe? Você tem de descobrir o que mais ama fazer, e depois tratar de fazer essa coisa o máximo possível. — Ele deu uma espiada na tela da televisão. — Quero dizer, desde que seja legal.

Levei a mão ao rosto para enxugar as lágrimas. Não sei por quê, afinal eu não estava mais perto de descobrir o que queria fazer da vida, mas me sentia um pouco melhor.

— Obrigada, pai. Isso... isso já ajuda.

— Que bom — disse ele, levantando-se. — Bem, não sei você, mas eu estou acabado. Vou pra cama. Se não se importar, vou deixar que termine isso sozinha.

— Tudo bem — falei. — Boa noite.

— Boa noite. Ah, e Jessica. Quanto a Randall pai. Não sei se isso pode ajudar, mas acho que talvez venha a calhar.

E então ele me contou uma história. Uma história que fez meu queixo cair.

Por fim, meu pai disse:

— Apague a luz quando terminar aqui embaixo. Sabe que sua mãe não gosta de desperdício de energia.

E subiu as escadas para dormir.

Capítulo 14

Ao descer as escadas na manhã seguinte, dei de cara com meu pai (e Chigger a seu lado, como de costume) olhando pela janela da sala. O jeito como estava se escondendo atrás da cortina deixou claro que ele não queria ser visto por quem quer que estivesse espiando.

— Deixe eu adivinhar — falei. — Um sedan quatro-portas sem placa e com película nos vidros.

Ele se virou para mim, um tanto espantado.

— Como você sabia?

— Inacreditável — murmurei, embora não em resposta à pergunta. Fui até a cozinha e encontrei minha mãe preparando ovos mexidos só com as claras. Meu pai fora proibido de comer as gemas desde o último exame de colesterol.

— Bom dia, querida — cumprimentou ela. — Dormiu bem?

Não tinha parado para pensar sobre isso até ouvir aquela pergunta. Mas surpreendentemente respondi:

— Na verdade, dormi. Sim.

Não que eu não tivesse sonhado. Tinha sonhado bastante até.

E tinha passado a manhã toda no celular por causa disso.

— Não preparei nada pra você — disse minha mãe — porque sei que vai tomar brunch com aquele amor de menina que é Karen Sue Hankey.

— Não, não vou — retruquei, abrindo a geladeira e dando uma espiada. Era estranho estar em casa e não ter nenhum de meus irmãos por perto. Para começar, a caixa do suco de laranja ainda estava cheia. Se Douglas, ou Mikey, estivesse em casa, aquilo teria sido colocado de volta vazio.

— Ah, meu bem — disse minha mãe. — Você precisa sair com ela. Eu disse que você iria.

— Bem, você não devia ficar marcando compromissos sociais por mim sem checar antes — falei, abrindo a caixa e tomando o suco direto na embalagem.

— Ai, Jessica, use um copo — pediu ela, com cara de nojo. — Você não está mais numa base militar.

Não estava mesmo. A única coisa boa de se estar lotada no exterior, se é que dá para ver algo de bom nisso, era que ninguém confirmava sua presença em um brunch com Karen Sue Hankey sem sua permissão.

— Peça desculpas a Karen Sue por mim — avisei, colocando a caixa de suco de volta na geladeira. — Mas tenho umas coisas pra resolver.

— Que tipo de coisas? — Quis saber minha mãe.

— Jess. Rob acabou de estacionar aqui na frente — gritou meu pai da sala.

— Esse tipo — expliquei a minha mãe, e segui em direção à porta da frente.

— Querida. — Ela veio atrás de mim, ignorando os ovos mexidos que esturricavam no fogo. — Achei que tivéssemos conversado sobre isso. Esse menino não serve pra você.

— Tchau, mãe — retruquei, escancarando a porta de um puxão. Rob estava lá fora na reluzente picape preta e deu um aceno.

— Oi, Sra. Mastriani — gritou ele.

— Olá, Robert — respondeu minha mãe de volta, não muito alto. Então, para mim, disse em voz baixa: — Jessica, sabe tão bem quanto eu que, se ele já traiu uma vez, vai trair de novo.

— Toni — disse meu pai da poltrona onde estava afundado na sala. — Deixe esses meninos resolverem seus problemas sozinhos.

— Ah, claro — retrucou minha mãe, girando para o encarar. — Quer dizer então que eu deveria simplesmente ficar aqui de braços cruzados enquanto ela faz o que quiser, e depois a receber de braços abertos quando ela quebrar a cara de novo?

— Exatamente — respondeu ele, abrindo o jornal.

— Joe! — gritou ela, frustrada.

— Até mais — disse eu aos dois, e desci apressada os degraus da varanda, cruzando o gramado em direção ao carro de quatro portas com película nos vidros.

Depois de acenar a Rob para avisar que estaria com ele num minutinho, dei uns tapinhas no vidro do motorista do sedan. Como ninguém abriu de imediato, falei:

— Vamos logo. Todo mundo sabe que tem gente aí.

Aos poucos, a janela se abriu, e me vi encarando dois homens de terno, apesar do calor de verão, que só prometia piorar.

— Oi — cumprimentei os dois. — Vocês são do FBI ou da parte do Sr. Whitehead?

Os dois sujeitos trocaram olhares. Então o motorista disse, com um sotaque típico de Chicago:

— Sr. Whitehead. Ele não está nada satisfeito, pois acredita que você invadiu o apartamento do filho ontem à noite e pegou certos bens que lhe pertencem. O Sr. Whitehead gostaria de reaver esses bens.

— Certo — afirmei. — Imaginei que iria querer mesmo. Bem, na verdade, meu amigo ali e eu estamos exatamente indo ao escritório do Sr. Whitehead agora. Sintam-se à vontade para nos seguir. Podem até ligar para ele, se quiserem, e já adiantar que a gente está a caminho. Ah, e avisem a ele que se certifique de que Randy Junior esteja lá também. E Randy precisa levar Kristin com ele.

O motorista e o parceiro trocaram novos olhares. Então falei, encorajando-os:

— Vão em frente. Liguem pra ele. Se ele quiser mesmo reaver os bens do filho, vai ter de se encontrar comigo. É isso, ou levo os tais bens à polícia.

O motorista hesitou, mas, em seguida, levou a mão ao bolso do paletó. Por um segundo, achei que ele talvez fosse puxar uma arma; então pensei comigo mesma, obscuramente, no quanto seria bizarro morrer numa manhã tão ensolarada, na própria rua, na frente de meus pais e de meu antigo-quase-namorado.

Mas ele só estava mesmo pegando o celular.

— Vejo vocês em dez minutos — falei aos homens no carro, depois me virei para seguir em direção à picape de Rob...

... no instante que um Golf branco conversível estacionou na entrada da garagem e Karen Sue Hankey, por trás do volante, deu uma buzinadinha.

— Oi, Jessica! — gritou ela. — Está pronta? Tomara que não se importe que sejamos só nós duas, mas Scott está jogando golfe com meu pai. Achei até melhor. Assim a gente pode fazer um programa só de meninas. Fiz uma reserva num restaurantezinho gourmet novo lá na praça do tribunal. Eles servem os melhores waffles do mundo. Ainda que eu não devesse comer açúcar refinado. Mas é uma ocasião especial, né? Ai, simplesmente amei seu cabelo desse jeito. Você cortou lá em Nova York? Entra aí, vem!

Em vez de entrar, passei direto pelo carro e entrei na picape.

— Ei — disse Rob, olhando pela janela. — Aquela não é a garota de ontem à noite? Aquela que te abordou na rua?

— Só dirija — retruquei.

Ele fez o que pedi, manobrando o carro e partindo rumo ao centro. Ao passarmos por Karen Sue, ainda a ouvi dizer, indignadíssima:

— Bem, de todos os... — Então vi minha mãe saindo de casa às pressas para aplacar os ânimos da menina, provavelmente com um convite para comer ovos mexidos sem gema.

— Como Hannah está? — perguntei, colocando o cinto de segurança.

— Ela me odeia — disse Rob, sem rodeios. — Ela também não tem curtido muito Chick, que está de babá de novo até a mãe aparecer e buscá-la.

— Ela vai superar isso tudo — falei. — Contou pra ela sobre os vídeos?

— Ah, contei — disse Rob. — Ela não acreditou em mim. Seu queridinho nunca faria uma coisa dessas. Ela acha que estou inventando tudo pra queimar Randy.

— Ah tá, claro que sim — comentei, com uma risada. — Não esquenta. Ela vai melhorar.

— É — disse ele. — Pena que, até lá, já vai ter voltado pra casa da mãe. — Rob olhou pelo retrovisor alguns instantes depois. — Quem são os caras? — perguntou ele. — O FBI?

— A máfia — respondi, como quem não quer nada. — Pelo visto, Randy pai tem lá suas conexões.

— Eita — disse Rob. — A coisa só melhora com esse cara. Minha irmã sabe mesmo escolher, hein. Despisto os caras?

— Não, eles são nossa escolta.

— Maravilha! — exclamou ele, ainda mais sarcástico. — Será que posso saber pra onde essa pequena procissão está indo?

— Com certeza — respondi. — Praça do tribunal. Os escritórios do Sr. Randall Whitehead ficam no Edifício Fountain.

— E é pra lá que a gente está indo? — indagou Rob.

— Pra ver o velho Randy?

— Correto. Embora Randy Junior também vá estar lá, creio eu.

— Isso por acaso quer dizer que você vai me deixar dar uma surra no cara, no fim das contas? — perguntou ele, esperançoso.

— Seguramente não — retruquei, mantendo os olhos na rodovia para que não os desviasse na direção das mãos de Rob, que pareciam tentadoramente fortes e eficientes ao manusear o volante. Tentei não pensar na sensação de ter (tido) aquelas mãos em meu corpo.

— Você assistiu às fitas? — perguntou ele. Reparei que Rob também mantinha os olhos na rodovia.

— Assisti.

Rob esperou que eu prosseguisse. Como não prossegui, ele disse:

— As fitas com Hannah... quero dizer, tinha mais de uma...

— Só tinha um vídeo de sua irmã — respondi.

— Que bom — disse Rob, bem baixinho.

— Múltiplas cópias de um mesmo vídeo — acrescentei, mesmo não querendo. Afinal, eu precisava me certificar de que ele tinha entendido.

Rob xingou entre dentes. Então, dando uma risadinha totalmente desprovida de humor, comentou:

— E você acha mesmo que não vou matar esse sujeito quando vir a cara dele?

— Não vai — retruquei. — Porque, pra começar, não vale a pena ir pra cadeia por causa de Randy. Depois, sabe os caras aí atrás? Eles estão armados.

— É — disse ele. — Bem, eles não vão ficar em cima pra sempre. Randy vai acabar indo a algum lugar sozinho alguma hora, e quando for...

— Rob. — Meu tom de voz foi incisivo o suficiente para fazê-lo virar a cabeça e me olhar, enfim.

— Você não vai encostar nem um dedo em Randy Whitehead — falei, furiosa. — Vai me deixar tomar conta disso. Foi pra isso que me trouxe de Nova York, e é o que vou fazer.

— Droga nenhuma — respondeu ele. — Não foi pra *isso* que eu te trouxe de Nova York. Eu te trouxe de Nova York pra encontrar minha irmã, e você...

— Tem uma vaga ali — interrompi, apontando. Encontrar onde estacionar ao redor da praça era notoriamente difícil, razão pela qual tantas pessoas preferiam fazer compras no shopping, ainda que não fosse nem de longe tão historicamente pitoresco.

— ... já encontrou — prosseguiu Rob, manobrando a imensa picape na vaga estreita tão habilmente quanto se estivesse dirigindo um carro com metade do tamanho. — Pelo que eu agradeço. Mas não dá pra ficar sentado de braços cruzados e deixar que esse cara se safe. Não dá, Jess. Não pode me pedir uma coisa dessas.

— Não estou pedindo isso — argumentei, tirando o cinto de segurança. — Randy vai pagar pelo que fez. Mas não com o próprio sangue. E você não vai acabar na cadeia, ou pior, no fundo de um lago.

Rob me olhou com raiva. Mas eu não ia ceder. Só o encarei de volta do mesmo jeito. Alguns segundos depois, ele se virou e esmurrou o volante com as laterais dos punhos, uma única vez, aparentemente para saciar a vontade de bater em alguma coisa.

— Se sentindo melhor? — perguntei.

— Não — respondeu ele, taciturno.

— Que bom — retruquei. — Então vamos.

Descemos da cabine da picape e esperamos o sinal fechar para atravessarmos a rua até o Edifício Fountain, que também abrigava o banco local e uma academia de yoga. No caminho, passamos pela Underground Comix, a loja onde meu irmão Douglas trabalha. Na placa pendurada na porta, lia-se FECHADO. Eu sabia que não abriam antes das dez, e ainda eram só nove e meia.

Ao chegarmos à entrada do prédio, reparei que os homens do sedan já estavam a nossa espera. Pelo visto, tinham encontrado uma vaga mais próxima.

— O Sr. Whitehead está aí? — perguntei.

O motorista, que claramente usava Grecin para esconder os fios brancos, afinal ninguém tinha um cabelo tão preto assim, acenou com a cabeça.

— Ambos os Srs. Whitehead vão recebê-los — respondeu ele.

— Maravilha! — exclamei, animada, e tomei a dianteira rumo à recepção do escritório da Construtora Whitehead.

A rechonchuda recepcionista de meia-idade deve ter sido alertada sobre nossa chegada, porque nem nos perguntou quem éramos. Apenas levantou-se de um pulo, nervosa, e disse:

— O Sr. Whitehead já irá recebê-los. Aceitam algo? Café? Água? Refrigerante?

— Não, obrigada — falei, de forma graciosa. Quem disse que não aprendi boas maneiras no exterior?

— Estou bem — resmungou Rob.

— Bem, nesse caso — disse a recepcionista —, podem me acompanhar.

Ela nos conduziu até uma sala ampla e ensolarada, onde uma das quinas havia sido completamente tomada por uma mesa enorme e moderna, à qual Randy Whitehead pai estava sentado. Em frente à mesa, havia quatro poltronas idênticas dispostas, também modernas, feitas de couro preto e cromo. Numa das cadeiras, estava sentado Randy Whitehead Junior. Em outra, dando a impressão de ser bem baixinha, porém estilosa no jeans apertado e um halter top preto, sentava-se a garota que reconheci do apartamento 1S e, mais tarde, das fitas de vídeo marcadas com o nome KRISTIN.

— Ora, vejam — disse Randy Whitehead pai, ficando de pé e escancarando um sorriso gigantesco ao me ver. — Então está me dizendo que é essa coisinha miúda aqui que vem causando esse tumulto todo?

— O amigo não é tão pequeno assim — murmurou Randy Junior, lançando um olhar hostil em direção a Rob, que o ignorou.

— Olá, Sr. Whitehead — cumprimentei friamente, atravessando a sala e estendendo a mão direita. — Meu nome é Jessica Mastriani. É um prazer conhecê-lo.

— Todo meu, todo meu. — A voz do velho Randy ribombou pelo cômodo. Ele apertou minha mão, então olhou com certo ar interrogativo para Rob, que apenas permaneceu parado, encarando-o de volta. — Não vai me apresentar seu amigo?

— Claro — afirmei. — Sr. Whitehead, este é Rob Wilkins. Seu filho, Randy, é um conhecido de sua irmã mais nova, Hannah.

Dei uma espiadinha em Randy Junior para confirmar que a mensagem fora captada. Ele tinha se levantado com minha entrada, mas já estava novamente afundado na poltrona de couro e cromo, olhando com certo desconforto para Rob, que tinha uns bons 10 ou 12 centímetros a mais.

— Meu Deus — gemeu Randy Junior, entre dentes.

Kristin, percebendo a palidez do namorado, se juntou à conversa:

— Quem é essa tal de Hannah? O que está rolando, Randy? Quem é essa Hannah?

— Eu te conto depois — sussurrou ele.

— Você deve ser Kristin — falei para a menina de cabelo escuro, estendendo-lhe a mão. — Jessica Mastriani.

— Ah — disse ela, estendendo a mão de volta, perplexa. — Você é amiga de Randy? Ele falou de mim pra você?

— Não exatamente — respondi. — Eu vi seu vídeo.
— Vídeo? — Kristin pareceu confusa. — Que vídeo?

Fitei o Randy pai e reparei que seu sorriso tinha perdido parte do vigor.

— Ah, então não sabe do vídeo que Randy fez de vocês transando? — perguntei. — O que ele anda distribuindo por todo o sul de Indiana e, se não me engano, por outros estados também... o que é um crime, até onde sei.

Kristin deu uma risada, um ruído estridente em meio ao silêncio da sala cujas paredes tinham sido decoradas com quadros de fotografias aéreas de campos de golfe famosos.

— Randy e eu nunca fizemos vídeo algum — comentou ela. — Do que ela está falando, Randy?

— Muito bem — interrompeu Randy pai, com aquela mesma voz ribombante. — Pelo que meu filho contou, Senhorita Mastriani, você lhe roubou certos bens. E, ao que parece, você confirmou o fato a meus dois parceiros aqui... — Ele acenou com a cabeça em direção a Grecin e seu comparsa, que tinham se posicionado cada qual de um lado da porta da sala, como se suspeitassem de que Rob e eu pudéssemos sair correndo para fugir por ali. — Admito que não tinha total conhecimento da dimensão do pequeno empreendimento de Randy até ontem à noite, quando o próprio me explicou. Presumo que isso tudo tenha a ver com a irmã mais nova deste rapaz?

Ele lançou um olhar interrogativo a Rob.

— Irmã *menor de idade* — observou Rob, em um tom de voz tão frio que me surpreendi quando o Sr. Whitehead não congelou no lugar.

Em vez de congelar, ele respirou fundo e se recostou sem pressa na poltrona.

— Entendo — afirmou Randy pai, pensativo. — Isso é *mesmo* lamentável. — Então, percebendo que Rob e eu ainda estávamos de pé, disse: — Onde estão meus modos? Sentem-se, vocês dois, por favor.

Rob não se mexeu, mas eu aceitei o convite. Depois puxei as costas de sua camisa até ele se mover para se sentar a meu lado.

Kristin, enquanto isso, não parava de dizer:

— Randy? O que está rolando? Quem é essa tal de Hannah? Por que esse sujeito está tão bravo? Que vídeos são esses que eles tanto falam?

— Senhorita Mastriani — disse o velho Randy no mesmo tom afável —, antes de seguirmos adiante, devo dizer o quanto estou verdadeiramente honrado por conhecê-la. Quando Randy aqui me contou que tinha conhecido a Garota Relâmpago, a menina na qual a série é baseada... ora, nem pude acreditar. Porque, pra começo de conversa, é uma das séries favoritas de minha esposa, não é, Randy?

Randy Junior, que ainda estava com cara de quem poderia vomitar nos próprios sapatos a qualquer instante, limitou-se a responder:

— É. Aham.

— E depois, bem, não sabe o quanto sou grato por tudo que fez por este país durante sua estadia no Afeganistão. Esse é o tipo de sacrifício que só um patriota de verdade faria, e a mãe de Randy e eu, ora, se tem uma coisa que nós dois admiramos é o patriotismo. O amor por este nosso grande país foi algo que tentamos incutir em nosso filho, não foi, Randy? Afinal, onde mais, senão nos Estados Unidos, o filho de um agricultor pé-rapado como eu poderia acabar virando dono de mais propriedades que qualquer um neste grande estado com exceção da Igreja Católica?

O velho Randy riu com gosto da própria piada, então Grecin e o amigo se juntaram também. Sorri por educação. Rob continuou de cara amarrada. Randy seguiu parecendo estar enjoado. E Kristin continuou com uma expressão confusa.

— E eu gostaria de acrescentar — prosseguiu o velho Randy ao se recompor do ataque de riso — que minha esposa e eu somos grandes fãs dos restaurantes de seu pai. Ora, jantamos pelo menos uma vez por semana no Mastriani's. E eu sou viciado nos hambúrgueres do Joe's. Não sou, Randy?

O filho acenou com a cabeça, ainda com cara de quem não se sentia muito bem.

— Bem — falei —, isso tudo é ótimo, Sr. Whitehead. Mas não nos ajuda em nada a resolver o problema que temos aqui. O comportamento de seu filho aborreceu bastante meu amigo. Sabe, a irmã é uma menina muito nova e muito inexperiente. E seu filho não só violou...

— Não violei ninguém — berrou Randy Junior. — Ela nem era mais virgem quando a gente se conheceu!

Rob ia levantar da poltrona, mas, antes que pudesse botar as mãos em Randy Junior, seu pai vociferou:

— Cale a boca, Randall!

— Mas, pai — gritou ele. — Eu não...

— Fique calado — rugiu o velho Randy, com o rosto quase explodindo de tão vermelho — até que eu diga o contrário. Já causou problema o bastante para um dia só, não acha?

Randy Junior se encolheu na poltrona, alternando olhares nervosos entre o pai e Rob.

O Sr. Whitehead me olhou e disse:

— Peço perdão pelo descontrole de meu filho, Senhorita Mastriani e Senhor... me desculpe, meu jovem, não guardei seu nome.

— Wil... — começou a dizer Rob, mas logo o cortei.

— O nome não interessa — falei, depressa. — Como eu estava dizendo, o fato é que seu filho violou os direitos de privacidade da irmã de meu amigo ao registrar, sem seu consentimento, atos privados em vídeo, que depois foram copiados e distribuídos...

— Eu tinha permissão! — gritou Randy Junior. — Tenho a assinatura de Hannah em um formulário de autorização e tudo!

— Mas isso não é um contrato legal — continuei, dirigindo-me ao pai —, pois Hannah só tem 15 anos...

— Ela me disse que tinha 18! — disparou Randy Junior, fazendo o pai pegar um peso de papel de cristal no formato de uma bola de golfe de cima da mesa e batê-lo com tudo contra um mata-borrão.

— Droga, Randy! — berrou ele. — Já disse para calar a boca!

Randy Junior fechou a matraca. A seu lado, Kristin parecia estar prestes a cair em prantos. Não era a única, no entanto. O namorado também parecia que ia soltar um ou dois soluços.

— Me desculpe, Senhorita Mastriani — disse o velho Randy, recompondo-se. — E o pedido se estende a você também, meu jovem. Entendo perfeitamente sua indignação. Eu mesmo estou indignado. Não fazia ideia de que meu filho estivesse envolvido na, hum, indústria de filmes. Me sinto tão enojado com isso quanto você com certeza se sente. Então, por favor, diga o que posso fazer para compensar você, vocês dois? Pois eu, mais que ninguém, gostaria de corrigir tal situação.

— Bem — retruquei —, nesse caso, você pode pedir a seu filho pra se entregar às autoridades que deverão estar à espera dele em sua recepção por... — dei uma espiada no relógio e vi que eram dez horas em ponto — agora.

Capítulo 15

Tanto um Randy quanto o outro me olhavam boquiabertos quando o interfone na mesa tocou de repente.

Randy pai agarrou o aparelho e esbravejou:

— Droga, Thelma, eu disse pra não me interromper durante essa reunião!

— Desculpe, Randy. — A voz da recepcionista falhou. — Mas tem meia dúzia de policiais aqui, dizendo que precisam falar com você *imediatamente*.

A cor do rosto do Sr. Whitehead se esvaiu toda. Ele me encarou com mais veneno no olhar que uma cascavel.

— Sua vigaristinha calculista — disse ele.

Sorri simpaticamente.

Grecin e o comparsa tinham ambos sacado os celulares e estavam tensos cochichando cada qual nos respectivos aparelhos. Randy Junior se encontrava tão afundado na poltrona, que até parecia não ter ossos. O pai havia tirado um antiácido de uma gaveta da mesa e colocava uma dose do líquido branco na tampa do frasco. Só Kristin olhava para os lados totalmente perdida enquanto dizia:

— Não estou entendendo. Por que a polícia está aqui? Quem é essa tal de Hannah? E por que todo mundo não para de falar nesses vídeos?

Olhei para ela e expliquei:

— Seu namorado vinha, secretamente, filmando a transa de vocês e vendia as fitas na internet, em sites de pornografia amadora.

Kristin contraiu as belas sobrancelhas.

— Não vinha, não — respondeu ela.

— Sim — retruquei. — Vinha, sim.

— Não — insistiu Kristin, com um sorriso convencido —, não vinha. E acho que eu saberia. Tipo, teria percebido uma câmera no quarto.

— A câmera estava escondida no closet do quarto — esclareci. — Atrás do espelho, que na verdade tinha fundo falso, sobre a cômoda.

Ela ficou sem reação, piscando sem parar os cílios carregados de rímel, então disse:

— Nã-am.

— Aham — rebati. — Kristin. Eu vi as fitas. Você está usando um conjuntinho vermelho de calcinha e sutiã com estampa de tigre. Além disso — acrescentei —, tem tendência a dar gritinhos.

Ela empalideceu sob todo aquele blush e girou a cabeça na direção de Randy Junior.

— Como ela saberia disso? — exigiu a garota, em um tom estridente. — Como ela sabe disso?

— Porque eu vi o conteúdo das fitas, Kristin — respondi. — De *todas* as fitas. Carly. Jasmine. Beth.

Rápida como um raio, a mão dela voou, indo de encontro ao rosto de Randy Junior com uma força absurda.

— *Você me disse que Jasmine era sua irmã* — sibilou ela, com lágrimas de ódio nas extremidades dos cílios negros.

— Engraçado — comentei, enquanto Randy Junior tentava se encolher ainda mais na poltrona. — Isso foi o que Jasmine disse que ele tinha falado sobre você, Kristin.

A menina disparou um olhar perplexo em minha direção. Bem como Randy Junior. Bem como Rob também.

— Você conversou com Jasmine? — sussurrou Randy Junior.

— Ah — falei, com toda calma. — Conversei com todas hoje de manhã, Randy. E, sabe, devo dizer, mesmo você tendo se certificado de selecionar tamanha variedade de garotas, loiras, morenas, ruivas, baixinhas, magras, altas, todas tinham uma coisa em comum. Sabe o quê? Nenhuma sabia estar sendo filmada. E todas ficaram bem pê da vida com isso. A maioria ficou pê da vida o bastante pra prestar queixa.

— Ai, minha Nossa Senhora — disse Randy Whitehead pai, amparando a cabeça careca com as mãos.

O filho, por sua vez, parecia um tatu-bola de tão encolhido, o que era necessário se quisesse escapar dos tapas de Kristin que choviam sobre ele com toda a fúria feminina.

— Seu babaca! — gritou ela. — Você mentiu pra mim! Você mentiu! Disse que me amava! Disse que eu era a única mulher de sua vida! Disse que sempre ia cuidar de mim! Pra onde eu vou agora? Hein? Pra onde?

— Você poderia voltar pra casa — sugeri, baixinho.

Isso chamou sua atenção. Ela parou de estapear Randy para olhar em minha direção.

— Não, não posso — respondeu Kristin, fungando. — Meu pai me botou pra fora.

— Ele está disposto a deixar que volte — falei. — Pelo menos, estava quando conversamos hoje de manhã.

— Você... você conversou com meu pai? — perguntou Kristin, como quem não quer se atrever a acreditar.

— Se você é mesmo Kristin Pine de uma cidadezinha chamada Brazil, no interior de Indiana — respondi —, então, sim, conversei. Seu pai ficou bastante aliviado por ter notícias suas, pra falar a verdade. Ele e sua mãe estavam superpreocupados. Bem, quem não estaria preocupado — acrescentei, com um olhar ao Sr. Whitehead — com uma filha de 15 anos fugida de casa?

— Jesus — disse o velho Randy, enterrando ainda mais a cara nas mãos.

— Como... como você sabia? — murmurou Kristin, me encarando, incrédula. — Quem eram meus pais... quem *eu* era?

— Ela é a Garota Relâmpago — disse Rob, simplesmente.

Olhei de esguelha para ele. Não diria que Rob falara aquilo com extrema amargura nem nada. Mas também não tinha parecido exatamente entusiasmado. Estava recostado na poltrona, absorvendo o drama todo conforme ia se desenrolando. A impressão que dava era de que estava quase relaxado. Bem, mais que qualquer outro naquela sala, de todo modo.

Pelo menos até o momento que Randy Whitehead pai declarou em tom baixo e sombrio:

— Ainda vai se arrepender disso, mocinha. Sei que só fez isso pra se vingar de meu garoto pelo que ele fez com a irmã de seu amigo. Mas ter arrastado todas aquelas garotas e a polícia para a situação... você vai se arrepender.

De repente, Rob não parecia nada relaxado ao se inclinar na poltrona e dizer:

— Licença. Mas por acaso a está *ameaçando*?

— Ah, pode ter certeza de que estou ameaçando sua amiguinha — retrucou o velho Randy. — Ela. Você. Os pais dela. Isso aqui é guerra, mocinha. Você se meteu com o cara errado dessa vez.

— Eu acho que não — falei, de forma natural. — E eis o porquê. A única pessoa que vai se dar mal hoje aqui é seu filho. Se alguma coisa acontecer comigo, ou com minha família, ou com meus amigos, você vai acabar se juntando a seu filho atrás das grades. Ou, neste caso, acho que seria mais apropriado dizer na vara criminal mesmo.

O velho Randy ficou sem reação.

— Mas do que diabos — disse ele — você está falando?

— Bem, como dono e empresário do complexo condominial Fountain Bleu, você é evidentemente responsável, em última análise, pela administração de tudo ali, inclusive quem você contrata pra gerenciar os negócios... No caso, seu filho Randy, que, como a gente já sabe, tirou vantagem da posição para abrigar menores de idade fugidas de casa e depois as filmar tendo relações sexuais com ele... — Sentada a minha frente, Kristin deixou escapar um soluço. — Foi mal — disse eu a ela.

— Tudo bem — retrucou ela, fungando.

Então prossegui:

— Obviamente, isso te deixa à mercê de acusações criminais e civis. Você se encontra em uma posição bem vulnerável agora.

— O que exatamente quer dizer com isso? — indagou o Sr. Whitehead, me encarando. — Está tentando propor algum tipo de acordo?

O interfone tocou de novo.

— Sr. Whitehead. — A voz de Thelma soou um tanto tensa. — Não sei quanto tempo mais esses policiais estão dispostos a esperar pelo senhor...

O velho Randy lançou um olhar suplicante ao Grecin e seu comparsa.

— Vão até lá — pediu ele. — E vejam se conseguem ganhar tempo.

Grecin 5 acenou com a cabeça.

— Sim, senhor — retrucou ele, então ambos deixaram a sala.

Randy pai voltou a me encarar.

— Pois bem. E de que tipo de acordo nós estamos falando?

— Ah, não tem acordo nenhum para seu filho — acrescentei, depressa. — Obviamente. Mas, para você... bem, sei que você anda de olho em um imóvel... a Escola Fundamental Pine Heights?

Os olhos se cerraram em minha direção.

— Ah, claro. Você estava na reunião do conselho municipal ontem à noite. Foi lá que Randy me contou que tinha te conhecido.

— Isso. Seu plano é transformar o prédio num condomínio. Contudo, se for capaz de encontrar um jeito de abandonar esse plano de condomínio e dar seu apoio, além de uma doação considerável, em prol da implementação de uma escola alternativa no local, talvez eu seja capaz de desenrolar um acordo com as partes ofendidas a fim de livrá-lo da cadeia e de um processo civil também.

Randy Whitehead pai ficou me observando. Bem como seu filho. Bem como Rob. A única pessoa na sala que, de fato, não olhava para mim era Kristin, e só porque estava olhando o próprio reflexo num espelhinho enquanto cuidadosamente limpava os rastros de rímel que as lágrimas deixaram em suas bochechas.

— E de quanto — quis saber o velho Randy — seria essa doação?

— Ah, quase nada — respondi. — Pra um homem com seu patrimônio, pelo menos. E você certamente ainda poderia deduzir do imposto de renda.

— De. Quanto — repetiu ele, em tom ainda mais frio.

— Acho que três milhões de dólares daria pro gasto — falei.

E lá se foi o peso de papel em formato de bola de golfe contra a mesa outra vez. Kristin deu um pulo, com um breve soluço.

— Mas de jeito nenhum! — berrou o Sr. Whitehead.
— Não mesmo! Quem você pensa... tenho amigos nesta cidade, mocinha. Prefiro me arriscar na justiça! Eu molho a mão de quem quer que seja! Eu vou...

Rob se levantou. Ele era tão alto e tinha as costas tão largas que pareceu ocupar um espaço impressionante na sala ampla.

— Vai fazer — interveio ele, em um tom de voz baixo e grosso — o que ela te disser pra fazer.

Naquele momento, Randy Whitehead pai cometeu um erro: encarou Rob bem nos olhos e soltou uma gargalhada.

— Ah, é? — disparou ele. — Ou o quê?

Meio segundo depois, Rob o tinha puxado sobre a mesa e pressionava o peso de papel no formato de bola de golfe contra a carótida do homem.

— Ou eu te mato — respondeu ele, sem mudar o tom de voz.

Então Randy pai cometeu o segundo erro quando disse:
— Você sabe quem eu sou? Sabe quem eu conheço? Posso mandar alguém te apagar num sopro, meu chapa.

— Não se já estiver morto — respondeu Rob calmamente, pressionando a bola de golfe com tanta força contra a garganta do Sr. Whitehead que ele começou a sufocar.

Eu me levantei da poltrona e caminhei até a mesa do Sr. Whitehead. Seu rosto estava bem vermelho, e gotículas de suor brotavam por toda a testa ensebada. Ele revirou os olhos em minha direção conforme tentava alcançar o interfone com uma das mãos. Mas, mesmo que tivesse conseguido alcançá-lo, não teria adiantado nada. Ele não conseguiria falar com a pressão aplicada por Rob contra sua laringe.

— Você pode até conhecer certas pessoas nesta cidade, Sr. Whitehead — falei. — Mas a verdade é que Rob aqui provavelmente conhece ainda mais gente. E o pessoal que ele conhece é da região. Ele não precisa mandar trazer capanga lá de Chicago. Então, vamos deixar as ameaças de lado por enquanto, porque o fato é que você vai fazer o que eu estou dizendo, e não porque, caso contrário, Rob vai te matar. Fará o que estou dizendo porque, caso contrário, vou contar a sua esposa sobre Eric.

Randy Junior suspendeu a cabeça da posição fetal em que se encontrava e perguntou, com olhos marejados:

— Quem é Eric?

Kristin, que já tinha guardado o pó compacto e estava vidrada nos músculos de Rob sob as mangas da camisa (eu ia ter de bater um papo com ela sobre isso mais tarde), parecia igualmente confusa.

— Quem é Eric? — repetiu ela.

— Pois é — disse Rob, virando o olhar para mim. — Quem é Eric?

— Tudo bem!

Todos nos viramos para o Sr. Whitehead, surpresos por ele ter sido capaz de formar uma palavra inteligível.

Mas tinha conseguido porque agarrara as mãos de Rob com tanta força que já estava com as pontas dos dedos brancas enquanto balbuciava:

— Tudo bem. Tudo bem.

Rob afrouxou o aperto, e o velho Randy despencou contra a mesa, ofegante.

— Isso quer dizer que vai fazer o que ela disse? — perguntou ele.

O Sr. Whitehead fez que sim conforme o rosto aos poucos retomava a coloração normal.

— Vou fazer o que ela mandou — sibilou Randy pai.

— Só não... conte a minha esposa... sobre Eric.

— Beleza — falei. — Mas é bom você saber que não sou a única a par de Eric, Sr. Whitehead. E, se alguma coisa acontecer comigo, meus companheiros vão...

— Não vai acontecer nada com você — afirmou ele, que ficara tão pálido quanto tinha ficado vermelho momentos antes. — Eu juro. Só não conte nada.

— Fechado — confirmei, estendendo uma mão pela mesa para apertar a dele, trêmula e suada.

Em seguida me inclinei e apertei o botão do interfone.

— Fale — ordenei ao Sr. Whitehead.

Ele tossiu algumas vezes, então arrumou o colarinho e a gravata, desalinhados pelas mãos de Rob, e falou ao interfone:

— Pode mandar a polícia entrar e levar Randy Junior, Thelma.

Isso fez o filho dele parecer em pânico na poltrona.

— Não! — gritou ele. — Pai! Você não pode...

— Me desculpe, Randy — pediu o pai. E o mais curioso era que realmente parecia sentir por aquilo. — Mas não tenho escolha.

— Mas eu fiz tudo isso por você, pai — suplicou Randy Junior. — Pra mostrar que eu era capaz de arcar com mais responsabilidades. Não pode deixar que façam isso comigo! Não pode!

O Sr. Whitehead, no entanto, limitou-se a ficar quieto enquanto a polícia, já dentro da sala, instruía Randy Junior a colocar as mãos para o alto e contra a parede para ser revistado.

Os policiais não foram os únicos a entrar. Estavam acompanhados de um jovem rapaz com uma camiseta do Hellboy, agitando uma revista em quadrinhos dos X-Men.

— E aí, Jess — disse Douglas ao me ver. — Que tal eu me saí? Trouxe o pessoal a tempo, como você pediu?

— Timing *perfeito*, Doug — afirmei. — Timing perfeito.

Capítulo 16

Quando saímos do gabinete do MP algumas horas mais tarde (tive muitas explicações a dar, no fim das contas, sobre como exatamente eu tinha encontrado os vídeos apresentados por Douglas; mas nem de longe me mantiveram lá por tanto tempo quanto pareciam planejar manter Kristin, a principal testemunha do caso, que já estava sob custódia preventiva até que os pais pudessem buscá-la), eu estava tão faminta que quase desejei ter aceitado o convite de Karen Sue para tomar o brunch. Cheguei a pensar que pudesse desmaiar nas escadas do fórum.

Felizmente, Rob parecia sentir o mesmo, pois disse:
— Que tal se a gente fosse almoçar alguma coisa?
— Só digo: aleluia. Douglas?
Meu irmão sacudiu a cabeça.
— Foi mal, não rola. Preciso voltar à loja. Alguém tem de satisfazer a necessidade de quadrinhos da comunidade. — O sol do meio-dia estava a pino, mas, ainda

assim, fui capaz de perceber o olhar que Douglas me lançou. — Mas vão lá, vocês. Sabe, tem um lugarzinho bem legal ao qual Tasha e eu temos ido sempre, nas proximidades de Storey, Indiana. Vale a pena pegar a estrada até lá. Fica bem na beirada de um rio e tem um clima super-romântico...

Eu sabia bem o que ele estava fazendo. Sabia bem e me apressei em botar um ponto final naquilo, apontando logo na direção da praça.

— Ah, veja. O Joe's está aberto. A gente pode passar lá e pedir uns hambúrgueres e levar pra sua casa, Rob.

Rob ergueu as sobrancelhas.

— Minha casa?

— Ela é a única que está nos vídeos — expliquei — com quem ainda não conversei. Preciso saber se ela também não quer prestar queixa contra Randy. Dei a todas as outras garotas essa opção.

— Você não entregou as fitas de Hannah à polícia? — perguntou ele, parecendo curioso.

— Ainda não.

Ele fitou o relógio.

— Gwen deve chegar pra buscá-la a qualquer minuto. Acho que rola de pegar um hambúrguer pra ela também. E mais uns oito pro Chick.

— Ou então — disse Douglas, parecendo meio desapontado — podem fazer isso aí.

— É o que vamos fazer — falei, com firmeza. — Valeu pela ajuda nessa manhã, Douglas. A gente não teria conseguido sem você.

Ele ficou todo feliz ao ouvir isso.

— O prazer foi meu — respondeu meu irmão. — Qualquer coisa pra livrar o mundo de pornografia e abrir espaço para recreações mais saudáveis, como *Sin City*. Vão lá, divirtam-se. Me ligue mais tarde, Jess.

Com uma saudação espirituosa, Douglas atravessou a rua rumo à Underground Comix. Ele seguramente viria atrás de mim e exigiria uma explicação quando soubesse da "doação" do Sr. Whitehead. O velho Randy tinha ficado de entregar o cheque pessoalmente ao chefe do comitê da Escola Alternativa Pine Heights, que era o próprio Douglas.

Nesse meio-tempo, fiquei contente por não ter meu irmão mais velho no pé. Tudo o que eu não queria era Doug por perto, tentando bancar o cupido. As coisas entre mim e Rob já estavam complicadas o suficiente sem a interferência da família, embora eu soubesse que Douglas era bem-intencionado.

Ainda assim, eu estava totalmente disposta a tirar proveito de *alguns* de meus familiares... A vantagem de se ter pais que são donos de todos os melhores restaurantes da cidade é que você não precisa pagar para comer em nenhum deles. Apesar disso, Rob insistiu em deixar uma gorjeta generosa pelos hambúrgueres... o que era compreensível, considerando que a mãe já havia sido uma de nossas garçonetes. Com os hambúrgueres embalados e em mãos, voltamos à picape e partimos rumo à casa de Rob.

O silêncio que se seguiu na cabine durante o caminho nem foi estranho. Imagine. Ainda não tínhamos tido um único momento a sós para conversar sobre o que tinha acontecido no escritório do velho Randy, porque havíamos ficado muito ocupados explicando ao promotor o que Randy Junior tinha aprontado.

Rob, no entanto, parecia discordar.

— Então — disse ele, enquanto passávamos por plantações de milho (que mal batiam na altura dos joelhos no momento, mas no próximo mês já teriam me ultrapassado em tamanho). — Essa sua novidade aí de não agir de forma violenta...

Soltei um gemido profundo. Não queria ter de explicar a Rob (a ninguém, na verdade) por que isso de sair batendo nos outros não me despertava mais o menor interesse. Eu já tinha presenciado violência o bastante para uma vida toda e tinha pendurado minhas soqueiras (figurativas). Por que não podíamos simplesmente deixar por isso mesmo?

Mas, para minha surpresa, ele arrematou com:

— ... curti.

Lancei um olhar para ele, que manteve os olhos na estrada.

— Pois é — falei, sarcástica. — Aposto que curtiu mesmo. Afinal, sua cara seria uma das primeiras que eu ia quebrar assim que tivesse a chance.

Mesmo assim, ele continuou sem me encarar.

— Não é por isso — comentou ele. — Só acho que você é boa nisso de achar soluções não violentas. Tipo, isso hoje no escritório do Whitehead. Foi genial.

Senti as bochechas esquentando, e me xinguei em silêncio. Por que eu deixava esse cara me afetar tanto? Tipo, estava realmente corando só porque ele tinha me elogiado. Por que ele exercia esse poder tão insuportável sobre minha temperatura corporal?

— Eu sempre disse — prosseguiu ele, ainda sem olhar para mim. O que foi bom porque, se tivesse olhado, teria visto meu rosto tão vermelho quanto um pimentão. — O problema com você ser tão briguenta era que, algum dia, alguém maior que você acabaria revidando. E você não ia curtir muito.

— Isso nunca teria acontecido — argumentei, tentando manter um tom leve de voz. — Sou ágil demais. Flutuo como uma borboleta...

— Bem, acho que os dois Randy Whitehead concordariam que sua ferroada é bem pior quando usa a cabeça — interrompeu ele — em vez do gancho de direita. Quem é Eric?

Olhei para ele, sem reação.

— Quem?

— Eric. — Alcançamos a longa estradinha que dava na casa de Rob, e ele entrou ali com a picape. Era mesmo um belo pedaço de terra, aquele onde estava a fazenda, tomado por imponentes carvalhos com mais de cem anos e um riacho próprio. Tenho certeza de que Randy Whitehead pai teria adorado transformar o local em um campo de golfe ou em um clube campestre. — O cara sobre quem você disse que ia contar à Sra. Whitehead caso o marido não fizesse o que você estava mandando.

— Ah — falei, com um sorrisinho cínico. — Ele. Sim. Meu pai me contou sobre ele. Eric é um garçom lá do restaurante.

— E daí?

— E daí que você sabe como companheiros de trabalho adoram fofocar. Eric, segundo meu pai, gosta de frequentar um bar gay lá em Indianápolis.

— Aham. E?

— E, pelo visto, o velho Randy também.

Rob fez a picape parar com um solavanco, metendo o pé com tudo no freio e virando, enfim, para me encarar.

— Está brincando, né? — perguntou ele, chocado.

— Nem. — Tirei o cinto de segurança e abri a porta para sair. — Eric é namorado do Sr. Whitehead. Eles têm até um ninho de amor e tudo. Só que, pelo visto, o velho Randy prefere que a esposa não saiba disso.

Peguei todos os hambúrgueres e segui rumo à casa de Rob. Chick, o dono do Chick's, um bar e clube de motocicletas próximo à rodovia, aparentemente nos ouviu chegar, pois logo apareceu na porta da frente. Quando me viu andando pelo caminho de tijolinhos, escancarou um sorriso enorme.

— Ora, vejam só, se não é a Garota Relâmpago — disse ele, segurando a porta telada aberta para que eu entrasse. — Quanto tempo, hein?

— Oi, Chick — cumprimentei, sorrindo de volta. — Como vão as coisas?

— Bem melhor agora que você voltou — respondeu ele, conforme Rob entrou atrás de mim. — Ei, agora que vocês dois estão juntos de novo, quem sabe você não faz alguma coisa pra que esse cara aí pare de trabalhar tanto e se divirta um pouco de vez em quando?

Chick desceu a mão pesada no ombro de Rob, que se contraiu, embora eu tenha certeza de que não foi porque o toque doeu.

— É — disse Rob, sem olhar para mim *nem* para Chick. — Bem, Jess voltou, mas só pra me ajudar a encontrar Hannah. Ela logo, logo vai voltar para Nova York.

O sorriso de Chick sumiu.

— Ah — disse ele. Então notou os sacos em minhas mãos, e o ar cabisbaixo melhorou de novo, mas só de leve. — Bem, pelo menos ela trouxe comida.

E ele tratou de voltar para dentro de casa.

Então me virei para fitar Rob.

— Como você sabe? — exigi.

Ele me encarou, confuso.

— Como sei o quê?

— Como sabe quando vou voltar pra Nova York? — Não conseguia explicar por que, do nada, eu me senti tão incrivelmente enraivecida. Mas me vi definitivamente reconsiderando toda a política de não violência, bem como a decisão de não quebrar sua cara. — Talvez eu não volte pra Nova York. Você não sabe. Não sabe mais nada de minha vida.

Ele ficou sem reação.

— Beleza — respondeu Rob. — Não esquente.

Por que será que sempre quando alguém diz *não esquente* ou *relaxe* o efeito é totalmente o oposto?

Sentindo-me excepcionalmente nada relaxada, entrei na casa batendo os pés e dei de cara com a irmã de Rob, Hannah, descendo as escadas para ver quem tinha chegado.

— Ah — disse ela, perceptivelmente desapontada ao dar de cara comigo. — É você. Pensei que talvez fosse minha mãe.

— Bem, pois é, eu também estou superfeliz em te ver — disparei. — Tem um videocassete aí em cima?

Ainda na escada, Hannah mexeu a cabeça de forma questionadora.

— Hein? Tem. Por quê?

Fiz sinal para que ela desse meia-volta e subisse de novo. Rob, entrando na cozinha para pegar os pratos, disse:

— Jess. Vamos comer primeiro, tá?

— Ah, Hannah e eu vamos comer, sim — garanti. Então, vendo que Hannah continuava parada no mesmo lugar, apontei para a escada e disse: — Vá. Agora.

Com cara de poucos amigos, ela se virou e seguiu escada acima. Fui logo atrás, depois de entregar a Chick todos os sacos que eu carregava, menos um.

Ao chegar ao quarto de hóspedes onde Hannah estava acomodada no andar de cima (o que antes costumava ser o quarto de Rob, mas que ele tinha repintado de bege neutro), reparei que ela já estava se sentindo em casa. Suas roupas estavam espalhadas pelo chão, com vários sacos de batata e numerosas latinhas de refrigerante.

— É melhor arrumar suas coisas — aconselhei. — Sua mãe já está a caminho pra te buscar, sabia?

— Não estou nem aí — retrucou Hannah, caindo de costas contra a cama e fitando o teto. Os cabelos multicoloridos formaram um arco-íris sobre a fronha branca do travesseiro. — Não vou voltar a morar com aquela escrota. E Rob não pode me obrigar.

— Hum — falei, ligando o videocassete e inserindo a fita que tinha tirado da mochila. — Pode, sim. Ele não tem obrigação nenhuma de ficar te bancando.

— Beleza — disse ela ao teto. — Ele pode me expulsar daqui então. Mas não pode me obrigar a morar com minha mãe. Vou simplesmente fugir de novo.

— Afinal, isso deu certo pra caramba da última vez, né? — Apertei o PLAY, depois peguei o saco de hambúrgueres e fui me sentar numa poltrona perto da única janela do quarto, não sem antes remover a pilha de roupas de cima do assento. — Bom plano, esse seu.

Hannah estava de olho em mim, não na TV.

— Ei — disse ela, sentando-se —, posso pegar um desses? Estou varada de fome. Esse Chick aí se ofereceu pra fazer um sanduíche, mas já reparou nas unhas dele? Eu falei, tipo, sem chance.

Depois de pegar um hambúrguer, joguei o saco para ela.

— À vontade. — Olhei para a televisão. — Ah, legal — comentei, afundando os dentes no combo caprichado de queijo e bacon. — Essa é minha parte favorita.

Com indiferença, Hannah tirou os olhos do hambúrguer que estava comendo e fitou a TV...

... e então deixou o hambúrguer cair no colo.

— Quê? — Ela ficou encarando de olhos esbugalhados a tela da TV. — Onde foi... ei, esse é o...

Engoli.

— Pois é. Também prefiro cueca boxer. Mas o que se pode fazer? Alguns caras nunca aprendem.

Hannah deu um pulo da cama, esparramando hambúrguer por tudo quanto foi canto, e disparou até o videocassete. Quando a fita foi ejetada, ela a arrancou do aparelho e mirou a lateral, onde a etiqueta cuidadosamente grudada dizendo HANNAH fez com que seus olhos se esbugalhassem ainda mais.

— Onde foi que você arrumou isso? — perguntou ela, com uma vozinha bem baixa.

— No closet de seu namorado — falei, ao terminar de mastigar. — Você não sabia que estava sendo filmada?

Ela sacudiu a cabeça. A habilidade da fala tinha aparentemente sumido.

— Ele tinha outras cópias também — prossegui. — Presumo que pra fins de distribuição.

— Dis... distribuição? — O rosto de Hannah estava tão branco quanto a roupa de cama às costas. — Ele estava... vendendo isso?

— Ah, não só seus vídeos — expliquei. — Foram várias fitas diferentes de várias garotas menores de idade diferentes. Aparentemente, ele vinha mantendo um belo harém. Você não sabia de nada mesmo?

Ela sacudiu a cabeça outra vez, encarando a fita em sua mão.

— Bem — falei, dando de ombros. — Não precisa mais se preocupar com isso. Ele já está na cadeia. Ou, pelo menos, vai ficar lá até que o pai pague a fiança. A menos que o detenham sem direito à fiança, como o MP ameaçou fazer. Tráfico interestadual de pornografia é uma coisa levada muito a sério, especialmente quando envolve menores, mas o Sr. Whitehead, o pai de Randy, tem bastante dinheiro e poder e... Bem, a gente vai ter de esperar e ver o que acontece.

Hannah ficou me olhando. Havia uma mancha de ketchup no canto de sua boca. Pela primeira vez desde que a conhecera, ela parecia realmente bem mais nova que seus 15 anos.

— Randy está preso? — perguntou ela, baixinho.

— Randy — respondi — definitivamente está preso. E você pode ajudar a mantê-lo lá se me deixar entregar suas fitas à polícia e aceitar testemunhar contra ele. O que dou muita força pra você fazer. Mas entenderia caso decidisse não o fazer. Embora eu não aconselhe esse caminho. Tipo, se ele se safar, vai acabar fazendo tudo de novo com outra menina, talvez ainda mais nova que você.

Fiquei esperando que ela se exaltasse comigo, como fizera no apartamento de Randy. Afinal, agora eu era duplamente sua inimiga: não só a tinha tirado do homem que ela amava, mas *também* exercido um papel determinante na prisão desse homem.

Assim como, claro, o próprio irmão. Mas eu estava disposta a assumir a culpa pela detenção de seu namoradinho, porque, se dependesse de Rob, tudo o que Randy teria sofrido seria uma contusão, e não anos e anos de atribulações judiciais e bem possivelmente um bom tempo na prisão.

Para minha surpresa, no entanto, Hannah não deu um ataque. Em vez disso, ainda mirando a fita de cabeça baixa, ela me perguntou, quase sussurrando:

— Rob viu isso?

Sacudi a cabeça.

— Não. Só eu.

— Onde estão as outras? Você falou que tinha mais cópias.

Peguei minha mochila e tirei as duas outras fitas com seu nome etiquetado.

— Bem aqui — respondi.

Ela deu um passo adiante e tomou as duas fitas de mim. Ao fazê-lo, nossos dedos se tocaram, e Hannah disse com o mesmo tom suave de voz:

— Obrigada. — Ela olhou para as fitas e pareceu ter chegado a uma conclusão, se o jeito como comprimiu os lábios era algum indício.

— Acho que quero sim — afirmou ela. — Digo, quero prestar queixa.

— Que bom — retruquei. — Fale com Rob. Ou com sua mãe. Um deles pode te acompanhar até a delegacia.

— Eu vou. E... desculpe.

Ergui as sobrancelhas.

— Pelo quê? Não é sua culpa.

— Não, não por Randy — explicou ela, sem tirar os olhos das fitas. — Por aquelas coisas que eu disse ontem Sobre você ser...

— Superultraescrota? — completei a frase por ela.

— Hum — soltou ela, chegando até a corar. — É. Isso. Você não é. Você é bem irada, na verdade.

— Bem — falei. — Valeu.

Então nós duas ouvimos Rob chamar da escada·

— Hannah? Sua mãe chegou.

E o rosto da menina se desfez.

— Minha mãe? — Hannah largou todas as três fitas na cama, deu meia-volta e saiu correndo pela porta. — Mãe!

Instantes depois, escutei os passos pesados escada abaixo, seguidos de uma voz feminina dizendo "Ah, Hannah!" antes de ser interrompida por gritinhos joviais de felicidade.

Fiquei onde estava e terminei meu hambúrguer. Ao engolir o último pedaço, eu me levantei, joguei a embalagem no lixo e segui rumo à porta.

Mas cambaleei e quase perdi o equilíbrio ao tropeçar em algo escondido no meio daquela bagunça toda pelo chão. Quando olhei para baixo para ver o que era, notei uma folha de papel com meu nome. Então, é claro que tive de me agachar para ver mais de perto.

Reparei que o papel saía de um álbum, com capa de couro verde e detalhes dourados em alto-relevo. Ao pegá-lo, vi que era bem pesado, e mais papéis caíram ali de dentro. Notei que eram recortes de jornais e que tinham se soltado devido à falta de delicadeza de alguém.

Alguém que, sem dúvida, tinha atirado o álbum contra a parede em um acesso de raiva contra mim.

Eu tinha uma boa ideia de quem era esse alguém.

E, ao abrir o álbum, entendi o porquê da reação.

Capítulo 17

Era todo sobre mim. Todas as páginas do álbum (e olha que havia um monte, inseridas de qualquer jeito e grudadas com desleixo, mesmo antes de Hannah ter infligido tamanho dano físico a ele... era o trabalho de alguém nada habituado a colagens e sem o menor interesse em esmero ou mesmo no uso do tipo correto de adesivo, pois Rob aparentemente escolhera o que quer que estivesse ao alcance, inclusive silver tape) estavam cobertas por artigos de revistas e jornais sobre mim, desde a primeiríssima história publicada no diário de notícias local até uma matéria publicada no *New York Times,* depois do início da guerra, sobre alguns dos métodos nada ortodoxos do governo no combate ao terrorismo.

Até o artigo da revista *People,* o que eu tinha me recusado a participar, sobre mim e minha família estava ali (*"Embora seja a inspiração para uma série televisiva de sucesso, Jessica Mastriani se mostra surpreendentemente tímida em frente às câmeras..."*).

E não havia só recortes de notícias. Havia algumas fotografias também. Reconheci uma ou outra, fotos que a mãe de Rob tinha tirado de nós no jantar de Ação de Graças... até mesmo uma foto de mim e de Ruth sentadas no colo do Papai Noel no shopping, gargalhando como duas doidas. Rob deve ter conversado com o fotógrafo para comprar a cópia dessa última, porque sei que eu não lhe dei uma.

Mas algumas das fotos eu jamais vira antes, como um retrato preto e branco, bem no meio do álbum, em que eu mirava o horizonte, aparentemente sem saber que estava sendo fotografada. Não fazia ideia de onde nem quando aquela foto havia sido tirada, quanto menos quem apertara o botão.

A última entrada no álbum era a matéria mais recente sobre mim, um comunicado no jornal da cidade a respeito de minha bolsa de estudos na Juilliard. Minha mãe deve ter enviado a notícia para a redação. Ela havia ficado tão orgulhosa, muito mais orgulhosa por eu ter conseguido aquela bolsa do que jamais ficara por qualquer outra coisa que eu já tenha feito, ou por todas as crianças (e fugitivos da justiça) que eu tenha encontrado.

Acho que dá para entender. Afinal, meu dom musical era bem mais fácil de aceitar que o outro.

O outro que, até recentemente, eu julgava perdido para sempre.

Seria compreensível que minha mãe tivesse um álbum desses. Na verdade, ela de fato tinha um igualzinho.

Mas tem porque me ama, mesmo que tenhamos nossas diferenças.

A questão era: por que *Rob* tinha um álbum desses, algo que ele obviamente tinha continuado fazendo mesmo depois de terminarmos? O que isso significava? Certamente significava que ele jamais deixara de pensar em mim, mesmo depois de eu ter saído de sua vida havia muito...

Mas será que ainda pensava em mim porque me amava? Ou só guardava aquele álbum como uma espécie de troféu do qual pudesse se gabar (*eu já namorei a Garota Relâmpago*)?

No entanto, não seriam minhas cartas e e-mails, escritos tão esporadicamente enquanto me encontrava no exterior, um material muito melhor para se vangloriar? E nada disso estava no álbum.

Só havia uma maneira de descobrir o que aquilo significava. E era perguntando ao criador da obra.

Segurando o álbum contra o peito (esperando que assim esconderia as batidas brutais do coração, embora o porquê de meu pulso estar tão acelerado fosse um questionamento que eu nem me ousava fazer), saí do quarto de hóspedes e desci a escada, então me deparei com Hannah e uma mulher que supus ser sua mãe, juntinhas no sofá da sala. Ambas estavam chorosas e trocando palavras sussurradas.

Chick estava sentado à mesa da sala de jantar, comendo o que parecia ser (caso as embalagens servissem de algum indício) o terceiro hambúrguer. Não havia nenhum sinal do dono da casa.

— Cadê Rob? — perguntei a Chick, pois Hannah e a mãe pareciam ocupadas.

— Ele não aguentou tanto estrogênio junto — respondeu ele, de boca cheia. Não pude deixar de notar que Chick parecia estar de olho não em Hannah, mas em sua mãe, uma loira atraente, quase de sua idade, embora consideravelmente mais esbelta. — Foi lá pra oficina no celeiro.

— Valeu — agradeci, e comecei a seguir rumo à porta...
... mas fui detida por Hannah, que gritou:
— Ah, olha ela aí! — E pulou para agarrar meu pulso.
— Esta que é ela, mãe — disse Hannah, arrastando-me até a mãe, sentada no sofá. — Jessica Mastriani. Foi ela quem me encontrou.

A Sra. Snyder, mãe de Hannah, fitou-me com olhos marejados.

— Nem sei como te agradecer — disse ela, efusiva — por ter trazido minha filha de volta pra casa.

— Ah, não foi nada — comentei. Sempre detestei essa parte. — É um prazer enorme te conhecer. Mas tenho de ir...

— Não foi só isso que ela fez, mãe — começou Hannah, e se pôs a tagarelar sobre Randy e tudo o que ele tinha aprontado, e o papel que eu tinha exercido para conseguir jogar aquele bunda-mole na prisão, e como ela precisava ir até a delegacia para fazer a própria parte para mantê-lo lá. Felizmente, dei um jeito de livrar meu pulso e escapar sem que notassem. No instante seguinte, já estava sob o sol brilhante, a caminho da oficina.

Assim como a casa tinha passado por uma reforma desde a última vez que eu a vira, o celeiro de Rob também. Novos painéis de madeira revestiam as paredes para que, no inverno, o lugar continuasse aconchegante, e, no verão, o ar-condicionado que fora obviamente instalado o resfriasse. Os buracos no teto alto e cheio de vigas, pelos quais os passarinhos costumavam entrar, sumiram, bem como os estábulos, que foram removidos a fim de abrir espaço para os quadros de ferramentas e um elevador pneumático. Motos parcialmente reformadas estavam todas organizadas em fileiras, como aquela na qual Rob vinha trabalhando (uma Harley XLCH 1975), posicionada a uma mesa no centro do cômodo.

Quando entrei, Rob estava ao pé do tanque instalado ao fundo da construção e não reparou em minha presença de imediato. Ao me ouvir dizer "Rob", ele se virou e começou a falar alguma coisa, mas logo notou o que eu trazia nos braços.

Então imediatamente se calou, acanhado, encostando-se contra o tanque de metal e cruzando os braços sobre o peito. Dr. Phil classificaria esse tipo de linguagem corporal como hostil.

— Encontrei isso no quarto de Hannah — expliquei, ao chegar perto o suficiente (coisa de um metro e meio de distância) para que pudesse conversar em uma voz normal naquele espaço cavernoso e ser ouvida. — Ela... ela já tinha me contado sobre isso, mas eu não acreditei.

Os olhos de Rob estavam grudados no álbum. A expressão parecia meticulosamente neutra.

— Por que não acreditaria? É tão bizarro assim que eu quisesse acompanhar o que você andava fazendo? Eu não podia simplesmente chegar e te perguntar. Afinal, você não estava falando comigo, lembra?

Também baixei os olhos até o álbum.

— Nem todas essas coisas são da época em que a gente não se falava.

Rob descruzou os braços e enfiou as mãos nos bolsos do jeans. Dr. Phil classificaria isso como um gesto defensivo.

— Tá certo — admitiu ele enfim, dando de ombros. — Me pegou. Eu tentei te tirar da cabeça. Desde o dia em que descobri que você era muito mais nova, tentei te tirar da cabeça. Mas não consegui. E esse álbum é o resultado. Sei que é meio estranho e bizarro.

Finalmente ergui os olhos.

— Não achei bizarro — respondi. Sabendo que Hannah tinha contado a verdade sobre o álbum de recortes, estava me esforçando naquele instante para não me perguntar se as outras coisas que ela dissera também seriam verdade. Tipo, como o irmão não parava de repetir o quanto eu era "sensacional e corajosa e inteligente e engraçada". Será que ele tinha falado mesmo essas coisas? Será que ainda acreditava nisso, depois de me ver de novo após tanto tempo?

Eu também me esforçava para não lembrar o que tinha acontecido na última vez que tínhamos estado naquele celeiro a sós. Tudo bem, tinham sido só uns beijos... mas Rob sempre beijou incrivelmente bem. Não que eu tivesse tanta experiência para comparar. Ainda assim, não dava para esquecer como minhas pernas sempre bambeavam quando nossos lábios se tocavam.

— E também não acho que seja estranho — acrescentei, após ele permanecer calado. — Bem. Talvez um pouquinho estranho. Nunca imaginei que você gostasse tanto de mim assim.

Porque isso, claro, era outra coisa que havia acontecido naquele celeiro. Eu tinha dito que o amava. E ele não reagira muito bem.

Rob deu de ombros novamente.

— O que esperava que eu fizesse? — perguntou ele. — Você sabia que eu estava na condicional. E você era menor de idade. E tinha ainda o fato de sua mãe obviamente não gostar de mim. Eu não podia correr esse risco. Achei melhor simplesmente me afastar até que você completasse 18 anos.

— Mas você não conseguiu esperar — retruquei. Sem amargura. Só falei como um fato. Porque era mesmo.

A não ser para Rob, pelo visto.

— Como assim, eu não consegui esperar? — indagou ele, tirando as mãos dos bolsos e se desencostando do tanque. — O que você acha... Caramba, Jess! Eu esperei, sim. *Ainda* estou esperando.

Fiquei sem reação.

— Mas... aquela garota...

— Minha nossa. De novo isso. — Parecia que Rob queria esmurrar alguma coisa. Quem poderia condená-lo? Eu mesma estava com vontade de socar algo. — Eu já te disse. Nancy é uma cliente. Ela *sempre* beija os mecânicos. Ela estava animada por...

—... você ter consertado seu carburador — completei a frase por ele, em um tom meio entediado. Mas eu não estava entediada. Só fingindo mesmo. A verdade era que eu queria chorar. Mas não ia deixar que ele visse minhas lágrimas. — Você já disse isso.

— Disse mesmo. Porque é a verdade. E, se você tivesse ficado por aqui, em vez de sair correndo, eu teria mostrado...

Ele se interrompeu. Já não parecia mais na defensiva. Parecia bravo. Bravo com o quê?

— Me mostrado o quê? — perguntei, genuinamente desnorteada.

— *Isto* — retrucou Rob, esticando os braços e apontando para o celeiro reformado e para as motocicletas à espera do conserto. — Tudo isto aqui. A casa, a oficina... o fato de voltar a estudar. Caramba, Jess. Por que acha que fiz tudo isso? Sim, claro que parte disso foi por mim mesmo. Mas grande parte disso era pra provar a seus pais, a sua mãe, pelo menos, que eu não era um vagabundo qualquer que só estava atrás da virgindade da filha dos dois, ou, ainda pior, querendo viver a suas custas. Fiz tudo isso pra que ela te deixasse sair comigo. Pra que ela se tocasse de que não sou um caipira inútil.

Com os olhos cheios de lágrimas, eu tinha começado a piscar, tentando tirá-las do caminho para que pudesse enxergar de novo.

— Você... — Era difícil falar, porque alguma coisa parecia estar obstruindo minha garganta. — Você fez tudo isso... por mim?

— Fiquei tão contente quando descobri que você estava voltando — confessou Rob. — Pode perguntar a qualquer um. Eu sabia que você tinha perdido os poderes, todo mundo sabia. Mas nunca imaginei... pô, pensei que você fosse ficar *feliz* com isso. Nada mais de imprensa te pentelhando. Nada mais de trabalhar pro governo. E você enfim tinha 18 anos... achei que a gente ia finalmente se acertar. Cheguei até a planejar tudo. Eu ia te mostrar a oficina e a casa, e te levar ao restaurante que Doug comentou hoje, aquele em Storey, e te pedir em casamento. É, sei que isso soa ridículo agora. — Acho que ele acrescentou essa última parte porque viu como meus olhos tinham se arregalado com a menção da palavra *casamento*. — Mas é pra você ver como eu estava envolvido. Ia te dar isto aqui...

Mexendo em um dos bolsos do jeans, ele puxou uma aliança de ouro. Não dava para ver direito de onde eu estava por causa das lágrimas, mas acho que vi o brilho de um diamante.

Talvez ele tenha percebido que eu não conseguia enxergar direito, porque, quando vi, Rob havia empurrado a aliança até minha mão. Ou a jogado em mim, dependendo do ponto de vista. Que bom que sempre tive excelentes reflexos.

— Era de minha vó. Está na família há anos — prosseguiu Rob no mesmo tom meio descontraído, meio zangado. — Sei que parece doideira. Mas pensei que, se seus pais vissem que eu queria algo sério com você, e caso concordassem, a gente poderia se casar depois da faculdade, ou algo assim. Só que, em vez disso, você apareceu do nada e viu uma parada que acabou não entendendo, e não quis me escutar, independentemente do quanto eu tentasse. Aí você simplesmente pegou e foi embora. E eu me toquei...

— De que você não me amava, no fim das contas? — completei, na defensiva. O que realmente considerei corajoso de minha parte, levando em conta o quanto eu queria sair correndo dali aos prantos. O fato de ter ficado era um grande passo para mim. Ou, pelo menos, para a nova versão não violenta de mim.

O olhar que ele me lançou deu quase pena.

— Não — respondeu Rob, em um tom de voz bem mais suave. — Eu já te disse. Me toquei de que você estava destruída. Que precisava de... Bem, nada que *eu* pudesse dar.

Deixei o álbum na mesa, perto da moto na qual Rob vinha trabalhando. Ainda não tinha olhado a aliança.

Mas também não a havia soltado.

— Nem eu sabia do que eu precisava naquela época — confessei, baixinho.

— E agora? — perguntou Rob. — É capaz de me encarar nos olhos, Jess, e me dizer que finalmente sabe do que precisa? Ou mesmo o que você quer?

Você. Cada músculo, cada gota de sangue em meu corpo parecia gritar a palavra.

Só que eu não podia dizer isso em voz alta. Ainda não. Porque... e se eu dissesse, e isso não fosse o que ele queria ouvir? Afinal, ninguém quer alguém destruído.

Um segundo se passou. E seu olhar, até então grudado no meu, caiu.

— Imaginei que não — disse ele.

E se virou novamente para o tanque.

A conversa tinha terminado. Tinha *definitivamente* terminado.

Mesmo sem enxergar direito por conta das lágrimas, consegui chegar até a porta do celeiro. Só então me virei uma última vez e falei seu nome.

Rob não me olhou de volta, mas disse para a parede em frente:

— O quê?

— O que foi que você fez, afinal — perguntei — para acabar na condicional?

Sua cabeça afundou.

— Quer saber isso *agora*?

— Aham — respondi. — Quero.

— Foi uma coisa bem ridícula — disse ele às próprias mãos.

— Conte logo. Depois de todo esse tempo, acho que mereço saber.

— Invasão — respondeu ele, ainda conversando com o tanque. — Eu e vários moleques achamos que seria engraçado pular a cerca da piscina pública e dar um mergulho de madrugada. Mas os policiais que apareceram lá pra prender a gente não acharam tão engraçado assim.

Fiquei parada, encarando suas costas. Não foi difícil não explodir em uma gargalhada, ainda que ele estivesse certo: era mesmo ridículo. Tão ridículo, na verdade, que percebi por que ele jamais me contara. Todo esse tempo, eu tinha pensado que Rob tinha feito alguma coisa... sei lá, superinconsequente, até perigosa.

E tudo o que havia feito fora dar um mergulho enquanto a piscina estava fechada.

Ainda assim, não dava para rir. Porque eu estava bem certa de que ele tinha partido meu coração. De novo.

Então fui de volta até a casa e pedi a Chick que me levasse para a minha.

E assim ele fez.

Capítulo 18

Só depois de ter saído da picape de Chick é que fui me flagrar ainda apertando a aliança. A aliança da avó de Rob.

E isso significava que eu teria de vê-lo de novo. Para devolvê-la. A menos que desse uma de covarde e entregasse a Douglas para que ele o fizesse.

O que eu basicamente já tinha decidido ser o melhor. Então foi meio engraçado quando um Jeep amarelo estacionou na entrada da garagem assim que botei o pé no degrau da varanda. O carro parou tão abruptamente que quase bateu na lata de lixo no meio-fio, e vi que, por trás do volante, estava Tasha Thompkins, superanimada, com Douglas no banco do carona, igualmente animado.

Assim que Tasha pisou no freio, Douglas imediatamente pulou fora do Jeep em direção à escadinha da varanda.

— Foi você, não foi? — indagou meu irmão ao me ver, ansioso. — Foi *você*. Foi tudo coisa sua!

— Deixe eu adivinhar — comecei, me inclinando para sentar no degrau da escadinha. — O Sr. Whitehead entregou o cheque?

— Jess. — Os olhos de Doug brilhavam. Tasha, se aproximando afoita, estava tão empolgada quanto ele. — Você nem imagina o que fez. Nem imagina... Não tem ideia do quanto isso é sensacional.

— Bem — falei, com a voz meio baixa —, acho que dá pra perceber. Tasha, essa foi a pior estacionada que já vi na vida.

— Finalmente — disse Douglas, ignorando minha zoada das habilidades de motorista da namorada e sentando a meu lado no degrau da escadinha —, a gente vai poder ter uma escola nesta cidade que tanto os pais *quanto* os filhos possam adorar. Uma escola que não seja um saco. O tipo de escola da qual podemos realmente nos orgulhar.

— Isso! — disse Tasha, sentando-se ao lado de meu irmão, mas olhando para mim. — O tipo de escola onde alguém como você talvez pudesse ensinar, Jess.

Encarei os dois, embasbacada.

— Hein? Dar aula? *Eu?*

— Claro — retrucou Douglas. Então, percebendo minha expressão, deu uma risada. — Bem, não é tão absurdo assim, Jess. Pense só. Não é isso que você está fazendo nesse verão com Ruth?

— Bem — respondi. — É, mas...

— Sempre te achei ótima com crianças, Jess — comentou Tasha. — E a gente vai precisar de uma instrutora de música. Seria sensacional se fosse você.

Fiquei encarando os dois.

— Não estou na Juilliard estudando para ser professora de música — expliquei. — Estou lá a fim de me tornar uma musicista profissional.

— Mas é isso que você quer, Jess? — perguntou Tasha. Vi os dois trocando breves olhares. — Tocar em orquestra? Viajar por aí? Ser uma musicista?

Fiquei parada, olhando para ela. Era isso que eu queria? Na verdade, não. Não era mesmo o que eu queria. O que eu queria... o que eu queria...

Por que todo mundo ficava me perguntando o que eu queria como se eu tivesse a obrigação de saber?

— Não precisa dar uma resposta agora — disse Douglas, colocando a mão em meu ombro. — Tipo, você teria de esperar até conseguir seu diploma de magistério antes de começar, de qualquer jeito. Mas, se decidir que quer trabalhar com a gente, vai ter sempre um lugar pra você aqui, Jess. O salário não vai ser astronômico, mas prometo que vai dar pra você se manter. E pra gasolina também, da Beleza Azul.

Ele sorriu, e não pude deixar de sorrir de volta. A empolgação era contagiante.

Foi irônico minha mãe ter escolhido justo aquele momento para estacionar em frente de casa.

— Ih — disse Tasha, levantando-se com cara de preocupada. — Eu bloqueei a entrada.

Mas minha mãe já tinha parado na rua. Nem sequer pareceu notar Tasha ou o Jeep. Não reparou nem mesmo em Douglas. Toda a sua atenção estava concentrada em mim.

O que definitivamente não era o que eu precisava naquele momento.

— Jessica — disse ela, ainda saindo do carro. — Só me diga o que exatamente *foi* aquilo hoje de manhã? Você sumiu, sem nem pedir desculpas à coitada da Karen Sue. Entendo que tinha coisas mais urgentes a fazer que tomar um brunch com ela; acredite, a cidade inteira já sabe o que a senhorita andou aprontando hoje de manhã. Mas será que não dava para, pelo menos, ter se desculpado e remarcado?

— Mãe — disse Douglas, ficando de pé. — Você não vai acreditar no que Jess fez. Ela...

— Já fiquei sabendo de tudo o que sua irmã fez — retrucou ela, que tinha atravessado a rua e já se encontrava no jardim, onde percebeu a lata de lixo que Tasha quase derrubara. Minha mãe começou então a empurrá-la em direção à garagem. — Que lindo, né, Jessica, se meter com o desmonte de uma rede de pornografia. Ouvi que aquele Wilkins estava lá também. Por que será que não estou surpresa?

— Mãe. — Meu irmão parecia irritado. — Jessica fez o Sr. Whitehead doar três milhões de dólares...

— Licença, Douglas — disse minha mãe, olhando zangada para ele. — Mas estou falando com Jessica. Bem? — Ela esfregou as mãos na calça social. — O que a senhorita tem a dizer? No fim das contas, eu que tive de ficar aqui consolando Karen Sue para ela não chorar, sim, *chorar,* pelo modo como você a tratou hoje de manhã. Entendo que talvez tivesse assuntos mais urgentes, mas... — Seus olhos se comprimiram por trás dos óculos escuros ao fitar a varanda. — O que foi que aconteceu, Jessica? Está com uma cara... diferente.

Possivelmente porque estava pensando em matá-la naquele exato momento.

— Ma — disse Douglas. — Ela...

— Não me chame assim — interrompeu minha mãe no automático. — Jessica, o que exatamente está acontecendo? Você surge do nada e, quando vejo, já está envolvida em algum tipo de escândalo pornográfico com adolescentes fugidas de casa. Você devia ter visto a cara da Sra. Leskowski, agora lá no Kroger, vindo me contar tudo. Pensando que está por cima da carne-seca. É quase como se ela achasse que todos não nos lembramos do que o Mark fez...

De repente, minha mãe arrancou os óculos escuros do rosto, aparentemente para poder me ver melhor.

— *Jessica. Você recuperou seus poderes?*

Oh, céus.

— Tenho de ir — avisei, levantando. Do nada me veio um desejo incontrolável de pegar minha moto para dar uma volta.

— Espere — pediu ela. — Jessica. Recuperou? Recuperou, não recuperou? Ai, Jessica.

— Poxa, mãe. — Douglas parecia bem irritado. — Presta atenção. Quer saber quais são as boas notícias *de verdade*? Ela fez Randy Whitehead doar três milhões de dólares...

— Por que não me contou, Jessica? — perguntou ela, ignorando meu irmão. — Por acaso o Dr. Krantz sabe?

Meus olhos se arregalaram.

— Nossa. Espero que não.
— Bem, Jessica. Precisa contar a ele. Quero dizer, ainda há pessoas por aí que com certeza eles gostariam de...
— Mãe! — Eu a encarei. Não dava para acreditar. Não mesmo. Eu estava tão distraída que me vi enfiando e tirando a aliança da avó de Rob do dedo esquerdo do meio sem parar. Então decidi que seria melhor deixá-la ali para não a perder. Ainda tinha de devolvê-la, afinal.

— Não dá pra você ter as duas coisas — disparei, descendo a escadinha da varanda para seguir até a Beleza Azul. — Não dá pra ter uma filha normal, tipo a Karen Sue, e uma filha com poderes paranormais, tipo eu. Você precisa se decidir. Tem de decidir qual das duas quer.

Porque eu sabia muito bem que era isso que minha bolsa de estudos na Juilliard representava para minha mãe: que eu era normal. O que ela sempre quis: uma filha normal como Karen Sue Hankey. Não uma filha que se recusasse a usar um vestido, que adorasse motocicletas e que fosse capaz de encontrar pessoas desaparecidas durante o sono.

Bem, seu desejo fora atendido. Durante todo aquele ano, eu tinha sido a filha normal que minha mãe sempre quisera.

Mas chega. Já chega de ser normal.

Ela seria capaz de lidar com isso?

E *eu* seria?

— Jessica — disse minha mãe, se enfiando a minha frente e efetivamente bloqueando a passagem rumo à garagem. — Não faço ideia do que você está falando.

— Só estou dizendo que, talvez, se você tivesse me apoiado em alguma coisa, além de estudar na Juilliard, quem sabe eu não teria me saído um pouco mais do jeito que você sempre quis.

Suas sobrancelhas dispararam ao alto. Tipo, MESMO.

— Do que você está falando? — indagou ela. — Sabe que seu pai e eu sempre te apoiamos em tudo que você já fez...

— Não, não em relação a Rob — retruquei.

Minha mãe parecia chocada.

— Então é sobre *isso*? Aquele menino? Não posso acreditar que esteja sequer considerando dar uma segunda chance a ele, depois do jeito que ele te tratou...

— Ele me tratou daquele jeito por *sua* causa, mãe. Por causa de seu discurso ridículo sobre estupro de vulnerável. Você totalmente assustou Rob...

— Pois fico contente em saber — respondeu ela, indignada. — Jessica, sei que você sempre teve problemas com sua autoestima, mas acredite em mim, é capaz de arrumar coisa muito melhor que um mecânico seboso com uma ficha criminal.

— Por ter nadado depois do horário permitido em uma piscina pública, mãe — retruquei. — Foi por isso que Rob ficou na condicional. Por invasão.

Atrás de mim, escutei Douglas se matando de rir.

— Sério isso? — Quis saber ele. — Por isso ele foi pego?

Eu me virei com tudo para encarar meu irmão.

— Não é engraçado! — disparei, estridente. Muito embora, claro, em outras circunstâncias, eu provavelmente também tivesse achado aquilo tudo hilário. Toda aquela dúvida, toda aquela preocupação, por anos e anos, e a troco do quê? Um mergulho de madrugada.

Dei um giro novamente para encarar minha mãe. Mas antes que alguma palavra saísse da minha boca, ela já havia começado a dizer:

— Se ele realmente te amasse, Jessica, teria esperado por você. O fato de ter saído correndo só por causa de meu discursinho... ora, isso mostra bem quem ele é, não é mesmo?

— Sim — falei, com extrema tensão. — Isso mostra que ele me amava o bastante pra respeitar a vontade de meus pais. E por acaso faz alguma ideia do que ele ficou fazendo enquanto esperava eu completar 18 anos, Ma?

— Já falei — disse ela, irritada. — Não me chame assim.

— Ele comprou o próprio negócio — prossegui, como se ela nem tivesse falado nada. — E uma casa própria. Ele provavelmente ganha *bem mais* que cem mil dólares por ano, consertando as motocicletas desses Baby Boomers riquinhos, e *também* está fazendo faculdade ao mesmo tempo. O que acha *disso*, hein, Ma?

— Eu acho — retrucou ela, comprimindo os lábios — que você está se esquecendo de algo muito importante.

— O *quê?*

— Que você o viu beijando outra garota. Nunca viu Skip beijando outra garota, viu?

Eu a contornei e fui buscar minha moto.

— Então? — insistiu minha mãe. — Já viu? Não. Nunca viu, não é mesmo?

— Só porque nenhuma outra garota *deixaria* Skip lhe dar um beijo — observou Douglas, provocando uma gargalhada tão forte de Tasha, que ela teve de tampar a boca para se conter.

Tirei a moto da garagem, fechando o portão com um chute de minha bota.

— Onde é que você vai? — Quis saber ela. — Espere, nem precisa dizer. Vai se encontrar com *ele*, não vai?

— Não — respondi, enfiando o capacete na cabeça. — Vou pra bem longe de *você*, isso sim.

Então dei partida algumas vezes mais que o estritamente necessário, só para abafar o que quer que minha mãe tenha dito em seguida, e caí fora.

Capítulo 19

— Ruth?

A voz do outro lado do telefone soou um tanto grogue:

— Jess? É você? Nossa, que horas são?

Dei uma espiada no despertador no criado-mudo.

— Ops — respondi. — Uma da manhã. Foi mal, nem me toquei de que era tão tarde. Te acordei?

— Aham, me acordou. — Ruth já soava menos grogue e mais desperta. — O que houve?

— Nada — respondi. Apertei o telefone um pouco mais contra a orelha, fitando o teto em meio à penumbra do quarto. Depois de uma tarde de rolé sem rumo pela região, daí ter voltado para casa e encontrado minha mãe ainda amuada no quarto e meu pai fazendo hora extra no restaurante, tinha resolvido me distrair um pouco assistindo a programas de reforma e decoração.

Só que isso serviu apenas para me fazer pensar ainda mais em Rob, que tinha feito um trabalho muito melhor redecorando a própria casa que qualquer uma daquelas pessoas que eu vira na TV.

— Tipo, nada realmente — expliquei a Ruth. — Eu só... eu precisava muito falar com você. Acho... acho que fiz uma coisa de uma estupidez sem tamanho.

— O que você fez? — perguntou ela, a voz tomada de medo.

— Eu... eu acho que Rob me pediu em casamento e eu meio que... dei as costas e saí andando.

— Você acha que Rob te pediu em casamento? — Deu para notar que Ruth tinha se sentado, porque a voz, de repente, ficou bem mais clara. — Como assim, você *acha*? Ele te deu uma aliança?

Fitei a aliança da avó de Rob, ainda enfiada no terceiro dedo de minha mão esquerda. Estava escuro no quarto, mas ainda podia ver o diamante no centro do anel. Havia outros diamantes menores em volta, incrustados em um arabesco de ouro. Aposto que Karen Sue Hankey saberia o nome dessa firula dourada.

— Bem — falei. — Sim. Mas...

— Cacete! — exclamou ela. — Ele te pediu em *casamento*!

Foi quando uma voz masculina, que pareceu estar bem perto de Ruth, disse ao fundo:

— Ele *o quê*?

O mais estranho foi que eu poderia ter jurado se tratar da voz de Mikey.

— Ruth? — perguntei em meio ao silêncio que se seguiu. — Por acaso é o...

— É Skip — completou ela, apressada. — Ele entrou aqui pra ver com quem eu estava conversando.

— Sério? — retruquei. — Porque me pareceu que ele estava na cama com você. E me pareceu mais a voz de...

— Não acredito que Rob te pediu em casamento! — interrompeu Ruth. — Isso é incrível, Jess! Quero dizer, não é?

— Mas, então, essa é a parada. Ele não chegou a me pedir em casamento *de verdade*. Ele me contou que *ia* me pedir em casamento quando eu voltei do Afeganistão. Mas aí eu... Bem, você já sabe.

— Viu Rob com a Miss "Peitos tão grandes quanto sua cabeça"?

— Isso. E parece que ele achou que seria melhor simplesmente me deixar passar sozinha pelo que quer que eu estivesse passando na época.

— O que — disse Ruth —, em retrospecto, não foi tão ruim assim, Jess. Tipo, você tem de admitir, né? Você estava uma bagunça naquela época.

Definitivamente não tinha ligado para ela a fim de ouvir isso.

— E aquele papo todo de *"ele é o cara que te deixou partir quando mais precisava dele"*? — perguntei, indignada. — Do nada agora você vai defendê-lo?

— É claro que não — respondeu ela. — Mas veja só como as coisas ficaram. Você está bem melhor agora. E ele ainda te deu a aliança. O que significa que ainda deve querer. Casar com você, digo.

— Não estou muito certa disso — comentei. — Ele não me deu a aliança de fato, mas meio que a jogou em mim. Aí eu meio que fiquei com ela. O problema, Ruth... — E de repente me vi desabafando a história toda, Hannah e Randy e as fitas de vídeo e o álbum de recortes e as coisas que Rob tinha me dito naquela tarde. Tudo.

Quando, enfim, terminei, Ruth disse:

— Bem, é óbvio que ele ainda é apaixonado por você. A questão é: você ainda é apaixonada por ele? Tipo, aceitaria voltar com ele? Apesar da Miss "Peitos tão grandes quanto sua cabeça"?

Tive de pensar no assunto.

— Não é como se ela estivesse com ele — falei, devagar. — Quero dizer, pelo que apurei. E, sabe, a gente estava meio que terminado na época... de certo modo. O problema é que nem sei se ele me aceitaria de volta. Tipo, se eu sugerisse isso.

— Ele te deu uma aliança.

— Ele me JOGOU uma aliança.

— Bem, então por que não pergunta a ele?

— O quê? Simplesmente chegar pra ele toda *"E aí, ainda quer se casar comigo?"*

— Basicamente, sim. Por que não?

Fiquei encarando o teto.

— Porque e se ele disser não? E se ele achar que eu ainda estou — engoli em seco — destruída?

— Aí você devolve a aliança, diz sayonara e pula no primeiro avião de volta pra cá, e eu te prometo que vou arrumar um cara novo e totalmente gatinho que saiba reconhecer plenamente a pessoa incrível que você é.

— Fala pra ela que, se ela quiser, a gente ainda pode dar uma surra no cara — sussurrou a voz masculina bem próxima de Ruth, aparentemente pensando que eu não fosse escutar.

Só que escutei.

E dessa vez soube que não era Skip.

— Ruth — falei. — Por que meu irmão Mike está na CAMA COM VOCÊ?

— Putz — retrucou ela. Então, aparentemente para Mike, disse: — Eu falei que dava pra ela escutar.

— Oi, Jess! — gritou Mikey ao fundo.

— Ai, meu Deus! — Eu estava sentada, convicta de estar prestes a hiperventilar. Não é como se eu não esperasse por isso. Mas era muito... muito...

Nojento.

— Não posso acreditar que viajo por dois dias — falei, revoltada —, e vocês dois já estão pulando um na cama do outro.

— Jess — disse Ruth, soando preocupada. — Não é bem assim, sério. Eu... eu...

— Ai, meu Deus — interrompi. — Se você disser que ama meu irmão, vou vomitar. Juro.

— Bem, pois é — retrucou ela. — Acho que, na verdade, eu sempre...

Mesmo sendo verdade, eu ainda não queria escutar.

— Põe Mike ao telefone — pedi.

— Mas, Jess...

— Põe logo.

No instante seguinte, a voz grave de meu irmão já dizia:

— Jess. Não é o que você está pensando. Eu realmente...

— Se você partir o coração de Ruth — ameacei —, eu parto sua cara. Entendeu?

Perplexo, Mike respondeu:

— Não foi isso que você disse a Tasha sobre Douglas?

— Foi.

— Você não deveria estar dizendo isso a Ruth então, e não pra mim?

— Não — retruquei. — Porque nesse caso minha lealdade fica com ela, não com você.

— Ah, muito obrigado — disse Mike, com sarcasmo.

— Bem — falei. — Ela é minha melhor amiga. Você só é meu irmão.

— Acontece — começou ele — que eu a amo.

— Nossa. — Os nachos que eu tinha aquecido no micro-ondas subiram um pouco pela garganta. — Pare ou vou vomitar. Literalmente. Põe Ruth de volta ao telefone.

— Rob te pediu mesmo em casamento?

— Põe Ruth de volta ao telefone.

— O que você vai responder? Sim? Se aceitar, você vai ficar aí em Indiana?

— Por quê? — perguntei, embora não muito certa de que realmente quisesse saber.

— Porque, se for ficar em Indiana mesmo, aí posso me mudar pra cá com Ruth — explicou ele. — Quando eu pedir transferência pra Columbia.

— Você vai se transferir de faculdade por causa de uma mulher? *De novo?* Já se esqueceu do que aconteceu da última vez que fez isso?

— Cale a boca, Jess — disse Mike. — Desta vez é diferente.

— Acho bom mesmo — retruquei. — Porque, se fizer merda, você tá...

— ... morto. Sim, já entendi o recado, valeu. Mas então. O que você vai fazer?

— Se mais alguém me perguntar isso — comecei a dizer em tom de alerta, mas me interrompi quando uma coisa me ocorreu. — Ei, mas assim, cadê Skip? O que ele acha de vocês terem transformado a casa num antro de pecado? O que ele acha do que você anda fazendo com a *irmã*?

— Skip está no litoral de Jersey — explicou Mike. — Com uma garota aí que...

— Beleza, já chega de Skip — intrometeu-se Ruth, aparentemente tomando o telefone de volta de meu irmão. — Quando você vai voltar pra casa? Você *vai* voltar?

— Não sei — respondi, mordendo o lábio inferior. Não tinha mencionado nada sobre a proposta de Douglas para que eu lecionasse na nova escola alternativa. Porque eu não tinha certeza se seria capaz de viver naquela cidade, sabendo que Rob morava lá também, sem ficar com ele.

Como se fosse ela a paranormal, e não eu, Ruth disse:

— Jess. Pergunte logo a ele. Tá? Agora vê se dorme um pouco.

E desligou.

Fiquei lá sentada, encarando o celular. Então o coloquei no criado-mudo e me joguei nos travesseiros. Como era possível, fiquei me perguntando, que todo mundo, todo mundo que eu conhecia, pelo menos, estava se dando bem, exceto eu? O que eu tinha feito de errado? Como eu tinha feito tanta cagada assim nessa área?

Não deixou de ser meio irônico que, enquanto eu pensava aquilo comigo mesma, uma chuva de pedrinhas de repente atingiu os vidros da janela saliente de meu quarto. Não forte a ponto de quebrá-los, mas definitivamente forte o bastante para que o barulho me acordasse...

... se eu estivesse de fato dormindo, claro.

Só uma pessoa tinha jogado pedrinhas nas janelas de meu quarto antes. A mesma pessoa que, mais cedo naquele dia, tinha jogado uma aliança de noivado em mim.

Empurrando a colcha de cima de mim, fui até a janela mais próxima e dei uma espiada, tentando não esperar que de fato fosse ele.

Mas era. Rob estava lá sob o luar, de jeans e camiseta preta, já em posição de atirar mais uma saraivada de pedras. Com pressa, abri a janela e a tela, então me inclinei sobre o parapeito e sussurrei:

— Me espere aí. Já desço.

Em seguida, catei um robe de algodão, que tinha jogado na sacola quando a arrumei de qualquer jeito para a viagem de volta, e o coloquei por cima do top e da samba-canção que eu vestia. Quem me dera ter dado um pouco mais de atenção a minha roupa de dormir, como Ruth, e ter comprado alguma coisa um pouco mais sexy para vestir, tipo aquela gracinha de baby-doll dela, que meu irmão Mike no momento aparentemente estava... argh, isso era nojento DEMAIS de imaginar.

Além disso, Rob com certeza não estava lá movido a quaisquer sentimentos românticos por mim. Provavelmente a irmã fugira de novo.

Ou talvez só quisesse a aliança de volta.

Ao pensar naquilo, congelei enquanto descia a escada.

Era isso. Provavelmente queria a aliança de volta.

E, de repente, eu me vi incapaz de respirar.

Com as batidas ridiculamente fortes de meu coração retumbando na cabeça, continuei de fininho escada abaixo. A casa estava na penumbra. Meus pais dormiam. Só Chigger estava acordado. Ele pulou do sofá da sala (onde minha mãe o tinha proibido de ficar, então ele só cochilava lá quando ela não estava de olho) e foi até a porta para me cumprimentar.

— Senta — ordenei, destrancando a porta da frente com todo cuidado. — Fica.

O cachorro não obedeceu nada. Lambeu minha mão e, depois, saiu andando sem fazer barulho de volta ao sofá. Era no que dava saber quinze comandos diferentes.

Abri a porta telada e saí na varanda. Rob já estava ali, me esperando em meio à sombra do telhado feita pela luz da lua. Não dava para ver seus olhos. Não passavam de dois pontos de escuridão.

Mas dava para ver o ponto no pescoço onde sua jugular pulsava. Por alguma razão, um feixe de luar recaía bem ali.

E pude ver que seu pulso estava quase tão forte quanto o meu.

— E aí? — disse ele, numa voz suave.

Foi um *e aí* neutro. Meio que um *e aí* interrogativo. Não tipo *"e aí, bom te ver"*. Foi mais tipo *"e aí... o que está rolando aqui?"*

Como se eu soubesse.

— Acabaram de inventar uma parada nova — sussurrei. — Se chama celular. Você agora pode ligar para as pessoas no meio da noite, se precisar, em vez de ficar jogando pedrinhas em suas janelas.

— Você nunca me deu o número de seu celular — respondeu Rob.

— Ah. — Bem, nunca disse que eu não era uma idiota.

E de repente eu entendi. Entendi por que ele estava lá. E não tinha nada a ver com a irmã.

Meu coração se encheu de um medo irracional, e, quando me dei conta, estava com a mão esquerda escondida atrás das costas.

Porque soube no ato. Soube que não seria capaz de devolver aquela aliança. Não a menos que ele a arrancasse de meu cadáver. Eu nunca tinha usado um anel antes na vida; não faço exatamente o tipo que gosta de joias.

Mas tinha me acostumado com essa aliança, e rápido. Não estava preparada para abrir mão dela. Eu não *queria* abrir mão dela.

E soube, bem naquele momento na varanda, que não abriria mão dela. Em vez disso, faria o que Ruth tinha sugerido.

Ia perguntar a ele.

A menos, claro, que eu não precisasse. Porque, se ele estendesse a mão já dizendo "me devolve", seria um forte indicador de que a resposta seria um não.

— Está sentindo falta de algo? — indaguei, ainda com a mão nas costas. — Algo além de sua irmã, digo. É por isso que está aqui?

Uma expressão estranha lhe passou pelo rosto. Não dava para dizer exatamente o que era, porque a cabeça de Rob ainda estava na sombra, mas percebi que um pouco da tensão deixou seus ombros.

— Minha irmã foi embora hoje à tarde — disse ele.
— Com a mãe. Depois de ficar na delegacia de polícia por um trilhão de horas. Não é de Hannah que estou sentindo falta.

Levantei minha mão esquerda.

— Disso aqui, então?

Ele engoliu a respiração.

— Está com você? — perguntou Rob. — Nossa, pensei que estivesse enlouquecendo. Procurei em tudo quanto foi canto.

— Não dava pra esperar até amanhã? — questionei. — Tinha de vir pegar de volta agora, no meio da noite?

— Eu não tinha me tocado que devia estar com você — retrucou Rob — até um tempinho atrás. E aí eu...

Ele se interrompeu. Ainda não dava para discernir seu rosto muito bem, mas estava claro que não sorria.

— Você o quê? — perguntei.

— Eu precisava saber — completou ele enfim, dando de ombros — se estava mesmo com você. Bem, nem tanto *se*. Seria mais tipo... *por quê*.

Com as batidas de meu coração ainda retumbando na cabeça, dei um passo adiante. Sabia que o luar me atingia em cheio o rosto. Mas não ligava. Não ligava para o que quer que ele visse estampado ali.

— Por que você acha? — indaguei, inclinando o rosto para cima.

— Não sei o que pensar — retrucou Rob. — Durante todo o caminho até aqui, fiquei pensando que eu estava doido. Tipo, por que você *iria* ficar com ela? A menos...

Ele deu um passo adiante. Minha mão esquerda ainda estava levantada. O luar bateu no diamante e o fez brilhar loucamente.

— Jess — disse Rob, em tom cauteloso. — O que você está fazendo? Sério.

— Falando sério? — Sacudi a cabeça. — Realmente não sei. — Porque não sabia mesmo. Tudo o que eu sabia era que minha garganta estava seca e áspera, e que meu coração vinha fazendo maluquices dentro do peito. Acho que era algum tipo de dança. — Mas você é, tipo, a centésima pessoa a me perguntar isso hoje. Você a quer de volta?

— Se você não for se casar comigo — falou Rob, parecendo confuso, o que era compreensível. — Então, sim, quero a aliança de volta.

— E se eu for? — perguntei, apesar da dificuldade de falar, considerando que eu não mais parecia respirar.

— For o quê?

Então Rob deu um passo adiante que o tirou da sombra feita pelo telhado da varanda. E, mesmo que ainda estivesse contra a luz da lua, deu para eu ver seus olhos.

— Jess — disse ele, em advertência.

Foi quando tomei o máximo de fôlego possível (levando em conta que eu parecia não conseguir nem respirar) e agarrei com força sua camisa e o puxei pelos dois passos que ainda nos separavam, e falei, com o rosto poucos centímetros abaixo do dele:

— Rob. Quer se casar comigo?

Ele me encarou, inexpressivo.

— Você — disse ele — é maluca.

— Estou falando sério — retruquei. Surpreendentemente, no instante que as palavras saíram de minha boca, meu coração parou de retumbar na cabeça. E eu consegui respirar. Consegui respirar de verdade. — Fui uma idiota. Eu estava com a cabeça cheia de problemas. Mas acho que já lidei com isso. Ou com boa parte disso, pelo menos. Óbvio que ainda tenho de me formar na faculdade e tal, assim como você. Mas, quando a faculdade acabar, acho que a gente deveria se casar, sim.

Rob fez uma cara séria, como eu nunca vira antes.

— E sua mãe? — perguntou ele.

— Caso não tenha se tocado, já sou maior de idade — observei. — Além disso, ela vai acabar cedendo. Então, tá dentro?

Devo admitir, não foi exatamente fácil respirar enquanto esperava por uma resposta. Na verdade, foi impossível.

Então foi bom que ele tenha dito "estou dentro" antes que eu ficasse sem oxigenação e desmaiasse ali mesmo na varanda.

Sorri para ele.

— Que bom — falei.

E aí, sem mais nem menos, estávamos nos beijando.

Bem, beleza, talvez não tenha sido sem mais nem menos. É possível que eu tenha tido algo a ver com isso, por ter ficado nas pontas dos pés e enlaçado o pescoço de Rob. Sou definitivamente responsável pelo que aconteceu em seguida: agarrei mais um bocado de sua camisa e comecei a puxá-lo em direção à porta de casa.

— Jess. — Rob sorria de orelha a orelha. Mesmo com a sombra do telhado, dava para ver o sorriso. — O que você está fazendo?

— Shhhh — retruquei. — Vem comigo. E faça silêncio, senão vai acordar meus pais.

— Jess. — Ele se deixou ser conduzido até o hall de entrada, e aí firmou os pés no chão. — Para, vai — sussurrou Rob, conforme Chigger pulou do sofá para lhe dar umas lambidas aleatórias antes de se retirar outra vez. — Isso não está certo.

— Ninguém nunca vai saber — garanti. — Você pode sair de fininho antes que eles acordem. Além do mais — acrescentei —, não tem problema. *A gente está noivo.*

E foi assim que Rob acabou vendo meu quarto naquela noite pela primeira vez. E muito mais que apenas o quarto, na verdade.

Capítulo 20

Ele acordou antes de mim.

— Jess — sussurrava ele, quando abri os olhos e me deparei com a luz azulada do amanhecer deixando as paredes do quarto cor-de-rosa. E também com Rob vestindo a camisa, uma imagem que realmente fez valer a pena acordar tão cedo. — Eu já vou.

— Não vai — falei, abraçando sua cintura. Pelo visto, eu tinha perdido a parte que ele tinha vestido a calça. Que lástima.

— Preciso ir — retrucou ele, rindo ao retirar meus braços de cima de si. — E se seus pais acordarem? É assim que você quer que eles descubram sobre nós?

Jogando-me desapontada de volta aos travesseiros, respondi:

— É, acho que não. Mesmo assim. O que você vai fazer mais tarde?

— Ver você — disse ele, sentando-se no banco da janela para calçar as botas de motoqueiro. Já era extremamente esquisito ver Rob Wilkins em meu quarto.

Mas era especialmente estranho vê-lo sentado nas almofadas de rendinha com as quais minha mãe tinha decorado o banco acoplado à janela saliente do quarto. Era meio como ver o Batman comprando xampu na farmácia, ou sei lá. Algo completamente fora do lugar.

— Tenho de passar um tempo na oficina — comentou Rob, levantando-se depois de ter calçado as botas. — Quer dar uma passada lá pra almoçarmos por volta do meio-dia?

— Posso levar o almoço — sugeri. — Posso preparar uns sanduíches e uns cupcakes ou algo assim.

Rob me encarou.

— Você acabou de dizer que vai preparar uns cupcakes? Foi isso mesmo?

— Pois é — afirmei, quase como quem pede desculpas. — Não sei o que me deu na cabeça, porque isso jamais aconteceria.

— Tenho certeza de que, se um dia você resolver preparar cupcakes — disse Rob, todo cavalheiro —, vão ficar deliciosos.

— Não, não vão.

— Bem, é, provavelmente tem razão. Ainda assim. O que conta é a intenção.

— Vejo você ao meio-dia, então — falei. Então rolei da cama. — Vem, deixe eu te acompanhar até a porta.

Ele ainda tentou argumentar, dizendo que era capaz de achar o caminho. Mas eu não queria correr o risco de

Rob topar sozinho com um de meus pais. Não queria que o noivado fosse cancelado depois de apenas seis horas.

Consegui tirá-lo de casa em segurança. O único ser acordado por ali, além de nós, era Chigger, que apenas nos abordou querendo comida. Não encontrando nada, ele voltou para o sofá.

Fiquei parada na varanda em meio à brisa fresca da manhã. Mesmo sendo tão cedo, não me sentia nada cansada. Afinal tinha conseguido dormir feito uma pedra, para variar um pouco.

— Cadê a picape? — perguntei, ao olhar em volta e ver só um sedan comum e, hilariamente, um carro esporte estacionados na rua.

— Estacionei dobrando a esquina — admitiu Rob, com um sorriso tímido, antes de me dar um beijo de despedida. — Não quis levantar suspeitas entre os vizinhos.

— Você é mesmo um gentleman — brinquei. Ele já tinha começado a descer a escadinha da varanda, mas segurei uma de suas mãos. — Ei, Rob?

— Quê?

— Por acaso foi de você que meu pai comprou minha moto? A Beleza Azul?

Rob deu um sorriso torto.

— Foi. Ele me perguntou de que tipo de moto eu achava que você gostaria, e... bem, já tinha escolhido essa pra você bem antes de seu pai me procurar. Por assim dizer.

— Eu sabia — comentei, com a sensação de que meu coração estava prestes a explodir de tanta alegria. — Tchau.

— Tchau.

Ele também parecia estar tendo dificuldades para conter a explosão do próprio coração, pelo menos se o jeito como sorriu para mim servisse de indício. Eu nunca o tinha visto tão feliz.

Então Rob foi embora, descendo a rua apressado, para pegar a picape. Fiquei ali, observando-o sumir pela esquina. Na verdade, por isso não percebi que a porta do carro esporte estacionado do outro lado da rua tinha aberto. Porque eu estava ocupada demais vendo Rob dobrar a esquina.

Por essa razão não me toquei de que Randy Whitehead Junior vinha em minha direção até que ele já estivesse no meio do jardim.

— Randy — falei, finalmente o notando. — Quando foi que pagou a fiança?

Sério, nem sequer me ocorreu na hora ficar com medo. Para ver o quanto eu ainda estava zonza por tudo o que acontecera durante a noite.

Mesmo quando Randy não disse nada, limitando-se a continuar vindo para cima de mim com uma expressão bastante intensa estampada naquele rosto de cafajeste sob o corte de cabelo de cem dólares, a situação não me pareceu estranha. Simplesmente presumi que ele não tivesse escutado.

— O que está fazendo aqui, Randy? — perguntei. — Veio se desculpar?

Mas conforme ele subiu a escadinha da varanda e me alcançou em duas passadas largas, então me agarrou pela garganta com uma das mãos, atirando-me de costas contra a porta telada, percebi que ele de fato não tinha passado para se desculpar.

— Você — sussurrou ele em meu ouvido, apertando a bochecha contra a minha — arruinou minha vida.

Tentei gritar. Tentei mesmo. Mas a mão esmagava minha laringe. Não dava nem para respirar, quanto menos emitir qualquer ruído.

Também gostaria de acrescentar que Randy... bem, estava com um cheiro extremamente azedo, uma combinação de odor corporal, Calvin masculino e o que aparentava ser tequila. Meus olhos começaram a lacrimejar, e não só pela falta de oxigenação.

— Eu não estava fazendo mal a ninguém — sibilou ele, a voz rouca em meu ouvido. — Aquelas meninas estavam querendo. Elas *queriam* aquilo. E agora minha mãe diz que sou uma vergonha, e meu pai falou... sabe o que meu pai falou?

Eu estava agarrando suas mãos, tentando tirá-las de meu pescoço. Já tinha tentado chutá-lo, mas, descalça, parecia não estar surtindo muito efeito. Tentei dar uma joelhada em sua virilha, mas Randy não parava de desviar. Era difícil ganhar muita vantagem, de todo modo, considerando que ele estava me prendendo a poucos centímetros do chão.

— Meu pai falou que, se eu te matar, pra impedir que você conte a minha mãe sobre Eric, ele talvez até me perdoe algum dia por ser esse zero à esquerda. — O bafo de Randy estava tão azedo quanto todo o resto. Uma pastilhinha ali não cairia nada mal. — Então por isso eu vim. Na expectativa de que você saísse de casa e pegasse aquela sua moto, aí eu poderia ficar esperando até que ninguém estivesse por perto pra te jogar debaixo dela e, depois, te largar numa vala qualquer. Mas quer saber? Prefiro assim. Porque, olhe em volta. Não tem mais ninguém aqui. Só você. E eu.

Era difícil dizer com aquele zumbido nos ouvidos, mas pensei ter escutado Chigger latindo. Sim. Chigger estava definitivamente latindo. E avançando com raiva contra a tela da porta, bem atrás de mim. Dava para sentir suas patinhas. Isso acabaria acordando meus pais. *Bom garoto, Chigger. Bom garoto.*

— Mas vou te dar uma opção — disse Randy. — Deixo você ir se *me* contar quem é esse tal Eric. Porque quero muito, muito mesmo, saber.

Então ele aliviou a pressão sobre minha garganta, só um pouquinho, o suficiente para que eu pudesse responder. Engasguei um pouco na hora de tomar fôlego, depois balbuciei:

— Vai te catar.

Zás! As mãos recaíram direto em torno de meu pescoço.

— Isso não foi muito educado — comentou ele. — Nossa, por que esse cachorro não cala a droga da *boca*?

À menção da palavra *boca*, alguma coisa aconteceu com a cabeça de Randy. Ela sumiu.

Ou, pelo menos, foi o que pareceu vendo de meu ângulo. Só quando suas mãos, de repente, largaram minha garganta de novo, fazendo com que eu desabasse no chão da varanda, tentando recuperar o fôlego, foi que reparei que a cabeça de Randy ainda estava muito bem grudada ao corpo. Só pareceu ter sumido devido à força do golpe desferido por Rob contra seu queixo.

Caída de costas contra a porta telada, eu me encontrava na posição perfeita para ficar só assistindo a Rob acabar com Randy Whitehead Junior. Deu até para ver umas lasquinhas ensanguentadas de dente voando, o que foi muito gratificante, e pude explicar a meus estarrecidos pais, que enfim tinham saído da cama, que a razão de Rob estar matando Randy Whitehead era que o próprio Randy tinha tentado me matar.

Ainda assim, não foi meu pai quem apartou a briga, embora, sendo justa, ele até tenha tentado, o que quase chegou a ser cômico. Afinal era um senhor de meia-idade, vestindo regata e samba-canção, tentando tirar Rob de cima do bêbado pornógrafo que tinha abusado de sua irmã e ainda tentado matar sua noiva.

Não, foi o sujeito que invadiu o jardim logo em seguida, arma na mão, e gritou:

— Todos vocês! Parados, senão atiro! FBI!

— Ah — disse minha mãe, conforme me ajudava a levantar do chão da varanda. — Bom dia, Dr. Krantz.

Mantendo a pistola apontada para Randy, que não parecia lá tão disposto assim a sair do lugar, de todo modo, Cyrus Krantz disse:

— Bom dia, Toni. Eu estava torcendo pra que não fosse cedo demais pra aparecer para o café da manhã. Mas vejo que cheguei na hora certa. Aprontando das suas de novo, hein, Jessica?

A essa altura, meu pai já tinha conseguido arrancar Rob de cima de Randy. Então, depois de apalpar com as costas da mão o lábio inferior ensanguentado, Rob se virou para mim e disse com um sorriso estampado no rosto:

— Não disse que já estava na hora de deixar alguém *te* salvar pra variar?

— Boa — balbuciei. Doía falar. — O que te fez voltar?

Ele estendeu o pulso.

— Esqueci o relógio.

— Hum — falei. — Claro. Ficou no criado-mudo.

— O que — quis saber minha mãe — está acontecendo aqui? Jessica, por que esse homem estava tentando te matar? E por que Rob está aqui? E o que o relógio dele está fazendo em seu criado-mudo?

— Ah — falei, levantando a mão esquerda para mostrar a aliança da avó de Rob. — Está tudo bem. Nós estamos noivos.

— Mazel tov — congratulou o Dr. Krantz, que ainda apontava a arma para Randy Whitehead Junior enquanto ele gemia no chão da varanda.

— Vocês *o quê?* — berrou minha mãe, dizendo em seguida a meu pai em voz estridente: — Será que dá pra fazer esse seu cachorro calar a boca?

— Chigger! Quieto — gritou meu pai. E o cachorro parou de latir. — Toni. Acho melhor você entrar e chamar a polícia.

— Já foi feito — informou o Dr. Krantz, mostrando o celular. — Chamei uma ambulância também. O nariz deste jovem rapaz me parece quebrado.

Minha mãe continuou onde estava.

— Vocês estão *noivos?* — perguntou ela, pasma.

— Ah, pois é — disse Rob, passando uma das mãos pelo cabelo escuro e fazendo com que as mechas da nuca ficassem ainda mais despenteadas. — Esse provavelmente não é o momento mais apropriado, mas, Sr. e Sra. Mastriani, eu gostaria de pedir a mão da filha de vocês em casamento, se não tiverem problema com isso. Bem, na verdade, quero me casar com ela mesmo que tenham um problema com isso. Mas prefiro ter sua bênção.

— Ela precisa terminar a faculdade primeiro — respondeu meu pai, enquanto examinava as manchas de sangue no chão da varanda, grunhindo. — É melhor eu jogar uma água nisso com a mangueira antes que seque, senão nunca mais vai sair.

— Joe! — Os olhos de minha mãe estavam cheios de lágrimas. — Isso é tudo o que tem a dizer?

— Bem, o que quer que eu diga? — perguntou ele. — Ele é um bom rapaz. Olhe o que acabou de fazer. Salvou a vida de nossa filha.

— Pois é — falei, com a voz ainda rouca. — Skip nunca fez isso.

— Preciso de um café — choramingou minha mãe, bem quando a sirene de uma viatura ressoou.

— Mãe. — Era difícil falar, pois minha garganta ainda doía um bocado. Mas passei o braço a seu redor e a puxei para mais perto. — Não encare isso como se estivesse perdendo uma filha. Tente encarar como se finalmente a tivesse ganhado de volta.

Ela baixou os olhos para me encarar e até tentou sorrir, embora o resultado tenha sido um pouquinho aguado.

— Não estou entendendo absolutamente nada do que está acontecendo neste momento — comentou ela. — Mas... — Minha mãe olhou para Rob, que a observava com todo cuidado. — Bem-vindo à família, Rob.

Um sorriso de alívio se abriu no rosto de meu noivo.

— Obrigado, Sra. Mastriani — agradeceu Rob.

— Ah, que se dane — retrucou ela, assim que o primeiro dos policiais chegou gritando na frente de casa. — Me chama de Ma.

Capítulo 21

Só depois da ambulância ter levado Randy, sob custódia policial pela segunda vez em 24 horas, e de eu ter prestado meu depoimento (dessa vez me deixaram escrevê-lo em minha própria sala de jantar; não tive de ir à delegacia, para variar um pouco), e de Rob e meu pai terem saído para trabalhar, e de minha mãe ter se retirado a seus aposentos com enxaqueca que finalmente tive a chance de tomar um banho e me aprontar para ter uma conversa com o homem que havia, no fim das contas, percorrido toda aquela distância desde Washington, DC, para me ver.

Foi esquisito encontrá-lo sentado no balanço da varanda. Esquisito e, ainda assim, estranhamente nada esquisito também. Houvera um tempo quando, só de vê-lo, eu ficava aterrorizada, porque ele representava tudo o que eu não queria: o assédio da mídia que tinha incomodado tanto Douglas em certa época, assim como o trabalho para um governo no qual eu não confiava, com uma agência na qual eu não tinha certeza se acreditava.

Então eu tinha tido a chance de conhecê-lo (Cyrus) melhor, e tinha percebido que ele realmente agia com boa-fé. E que, na verdade, é só um grande nerd com um vício secreto por M&M's de amendoim. Ele estava até vestido com trajes de verão à altura de um nerd chique: camisa social com mangas curtas, gravata com nó pronto, calças cáqui e protetor de bolso, que era basicamente como ele se vestia quase todo dia no Afeganistão. A única diferença era que, nos Estados Unidos, ele preferia um coldre de canela. Lá no Oriente Médio, costumava ser um coldre de ombro.

Era bom saber que pelo menos algumas coisas nunca mudavam.

— E, então, o que você veio fazer aqui? — perguntei, de um jeito amigável até. — Ah, não, espere. Me deixe adivinhar: você ficou sabendo que eu recuperei os poderes.

— É meio difícil manter uma coisa dessas em segredo — comentou Cyrus, pegando a xícara de café que minha mãe lhe servira (e a todos os policiais) antes de se retirar. — Especialmente se o usa pra desmantelar redes de pornografia amadoras interestaduais.

Apenas o encarei.

— Você grampeou meu celular, não grampeou?

— É claro — retrucou ele. — Quando você telefonou pra todas aquelas garotas ontem de manhã pra contar o que Randy tinha feito e como você pretendia puni-lo... foi muito astuto. E também telefonou para os pais e checou se eles aceitariam as filhas de volta, tendo o cuidado, no entanto, de não revelar onde exatamente elas estavam... isso foi igualmente brilhante. Um de seus melhores trabalhos, devo dizer.

— Eu gostaria — falei — que vocês parassem com isso. Com essa história de me grampear. Porque não vou voltar, tá?

— A trabalhar conosco — perguntou Cyrus — ou para Nova York?

— Nenhum dos dois — respondi. — Quero dizer... as duas coisas.

— Jessica — disse ele, sacudindo a cabeça. — Eu nunca pediria isso.

Olhei para ele sem reação.

— Sério? Não foi por isso que veio?

— Certamente não. Sabe, todos nós estivemos tão preocupados com você. É bom saber que está se sentindo melhor. E fico particularmente feliz em saber sobre você e Rob. Que novidade excelente. E, pelo que entendi, seu irmão te convidou para lecionar na escola alternativa que ele está abrindo. Vai aceitar?

— Vou — respondi, com certa cautela. Não dava para acreditar. Ele não ia me pedir para voltar? *Mesmo?* — Vou pedir transferência para Indiana e tirar meu diploma de magistério.

— Que bom. Você sempre foi ótima com crianças. Mas, respondendo à pergunta, Jessica, eu vim até aqui porque... bem, sei que tivemos nossas diferenças no passado. Mesmo assim, acho que tudo o que nós dois sempre quisemos foi ajudar a fazer do mundo um lugar melhor. Todos sabem que você fez mais que sua parte nesse sentido. Nós te pressionamos... Bem, nós te pressionamos mais que deveríamos, e o resultado foi que chegou a um ponto que você não tinha mais nada a oferecer. Agora que recuperou seus poderes, o que vai fazer com eles é uma escolha única e exclusivamente sua. Ninguém iria te condenar caso resolvesse jamais usá-los de novo. Você tem tantas outras qualidades, e realmente acredito que terá tanto êxito melhorando o mundo com elas quanto com suas habilidades paranormais. Mas, na remota hipótese de você querer voltar...

— A-há! — gritei. Então logo em seguida me arrependi, porque aquilo realmente forçou ainda mais minha garganta já inchada.

Ainda assim, eu sabia que isso acabaria acontecendo. E não porque tenho percepção extrassensorial.

— ... eu gostaria que soubesse que sempre haverá um lugar pra você em minha equipe.

Espere. Quê?

Fiquei o encarando mais um pouco.

— É isso? Sem súplicas?

— Sem súplicas.

— Sem fazer com que eu me sinta culpada?

— Sem nada disso também. Já cumpriu seu dever, Jessica. Ninguém, muito menos eu, poderia pedir que fizesse mais. Se você quisesse, aí a história seria outra.

Mas, como não quer... — Ele deu de ombros, como quem diz *"que seja"*.

— É sério isso? — Eu ainda não podia acreditar. — Estou mesmo liberada?

— Completamente.

— Nada mais de grampos no telefone?

— Nada mais.

— Nada mais de me seguir?

— Nada mais.

— Não vai convocar uma coletiva de imprensa para anunciar meu retorno ao mundo da busca paranormal por pessoas desaparecidas?

— A menos que você queira.

— Nem vai me contar uma história qualquer sobre uma criança desaparecida em Des Moines, cuja mãe está desesperada para achar?

— Jessica. — Cyrus Krantz ficou de pé. — Eu já disse. Você fez bem mais que sua cota de boas ações pelos outros neste mundo. Acho que está na hora de se concentrar em fazer algo de bom por você mesma, pra variar. E foi isso que eu vim aqui dizer.

Tive de esticar o pescoço para ver seu rosto, porque ele era bem mais alto que eu.

— Não foi, não — retruquei. — Você veio aqui ver se eu queria voltar.

— Bem — admitiu ele, parecendo encabulado. — É claro. Mas como você não quer, bem, a história é outra. Então, em vez disso, vou simplesmente te desejar boa sorte. Me ligue se algum dia precisar de qualquer coisa.

E diga a sua mãe que espero que ela se sinta melhor o quanto antes. Tenho certeza de que se sentirá. Essa história entre você e Rob... Bem, só vai levar um tempinho até ela se acostumar. Mas é uma mulher sensata. Vai acabar mudando de ideia.

— Eu sei que vai — falei.

Então ele hesitou no último degrau.

— É claro que, se acontecer alguma coisa e precisarmos *mesmo* de sua ajuda...

Esse *sim* se parecia mais com o Cyrus que eu conhecia.

— Pode me ligar — afirmei, dando uma risada.

Ele ficou visivelmente aliviado.

— Que bom — retrucou Cyrus. — Bem, isso era tudo o que eu queria saber. Adeus por ora. E lembre-se... de que está na hora de fazer algo de bom por *você*, Jessica.

Tendo dito isso, ele caminhou de volta até o sedan de quatro portas e vidros com película à espera (não o que tinha estacionado em frente de casa na manhã de ontem), no qual só fui reparar naquele exato momento, o mesmo que estivera estacionado um pouquinho mais longe que o carro de Randy.

Assim que ele partiu, meu celular tocou. Tirei o aparelho do bolso de trás e o atendi.

— Alô?

Tudo o que fui capaz de escutar do outro lado da linha foi um grito estridente.

— É, Ruth — respondi, com toda calma. — Como foi que ficou sabendo?

— Mike acabou de sair do telefone com seu pai — explicou ela. — Posso ser sua madrinha?

— Aff — retruquei. — De jeito nenhum. Não quero nada disso.

— Oi? — Ruth soou extremamente desapontada. — Por que não?

— Hum, porque o casamento é meu, e não quero ter madrinha nenhuma — observei. — Você pode ser minha testemunha se quiser.

— Vou ter de usar um vestido bonito?

— Pode usar o que quiser. Não me importo.

— Sua mãe vai ficar tão desapontada com essa história toda, posso até imaginar — comentou Ruth. — Mas estou muito feliz por você.

— É, né — falei sarcasticamente. — Afinal, agora você vai dividir o quarto com Mike, e não mais comigo.

— Cale a boca — disse ela, rindo. — Você foi uma colega de quarto incrível. Bem, a não ser pelos terrores noturnos. Aliás, falando em terror, como sua mãe está reagindo?

— Ela vai ficar bem — respondi. Porque sabia que acabaria ficando mesmo. Cedo ou tarde.

— Douglas já sabe?

— Ainda não. Rob e eu vamos almoçar com ele e Tasha daqui a uns... — Olhei as horas. — Agora mesmo, na real. Tenho de ir. A gente se fala mais tarde. E, Ruth?

— Oi?

— Eu posso ser *sua* madrinha? Quando você se casar com Mike?

Conforme eu tinha esperado, ela gritou de felicidade outra vez e desligou. Com um sorriso estampado no rosto, fui até a garagem e peguei minha moto, então parti rumo à Oficina Mecânica de Automóveis e Motos Wilkins. Não posso dizer que tenha ficado particularmente surpresa ao parar no sinal da First Street com a Main Street e notar a presença de Karen Sue Hankey no conversível branco na pista ao lado. Levantei o visor do capacete e gritei:

— Karen Sue!

Ela me olhou, surpresa.

— Jess?

— E aí? — falei. — Desculpe por ter desmarcado daquele jeito ontem. Eu estava com muita coisa na cabeça.

— Eu sei — respondeu ela, com indiferença. — Li os jornais de manhã.

— Então — comentei. — Quer remarcar?

— Claro — disse ela. — Quando você vai voltar para Nova York?

— Ah — retruquei. — Nunca mais.

O queixo de Karen Sue caiu.

— Oi?

— Vou ficar aqui — expliquei, dando de ombros.

— *Aqui?* — Ela parecia chocada. — *Por quê?*

— Porque — comecei no momento que o sinal ficou verde. — Fiquei noiva de um empresário local. Me ligue!

Deixei Karen Sue parada no sinal em estado de choque. Ao dar uma espiada no retrovisor antes de dobrar no estacionamento da oficina de Rob, vi que ela ainda estava lá, boquiaberta, com toda uma fila de carros atrás, buzinando.

Deu para ver de imediato que Rob tinha realizado várias melhorias na oficina do tio. Por um lado, o lugar se encontrava bem mais limpo. Por outro, faziam tanto a manutenção de carros europeus quanto de modelos americanos e japoneses. Inclusive, conforme me aproximei, vi Rob de macacão cinza, prostrado sobre o motor de um Mercedes coupé amarelo-manteiga. Atrás do volante, estava uma mulher com um cabelão loiro que me pareceu meio familiar, embora não estivesse conseguindo associar o rosto à pessoa. De primeira.

— Tente de novo — disse Rob à loira, que obedientemente deu partida.

O motor enfim voltou a pegar, e, parecendo satisfeito, Rob baixou o capô.

— Era só a ignição de novo — explicou ele, pegando um trapo velho para limpar a graxa das mãos. — Não deve mais te dar dor de cabeça. Só...

Mas ele não conseguiu completar a frase porque a loira já tinha pulado do carro e se atirado em cima dele, jogando os dois braços em torno de seu pescoço.

— Ai, Rob! Você faz milagres mesmo! — exclamou ela. — Nem sei como te agradecer!

E aí ela foi e deu um beijão na boca de meu noivo.

Neste exato instante, o olhar sobressaltado de Rob se cruzou com o meu.

E eu soube na hora onde a tinha visto antes.

Era a Miss "Peitos tão grandes quanto minha cabeça". Quando ela enfim soltou Rob e se virou, pude ver que seus atributos mais memoráveis estavam cobertos pelo halter top mais micro que se possa imaginar.

Mas desta vez eu não saí correndo. Desta vez, atravessei a oficina até que estivesse cara a cara com ela. Então, esticando o pescoço para que pudesse encarar a mulher bem naqueles olhos carregados de rímel, disse:

— Oi, acho que a gente ainda não foi apresentada. Sou Jess, a noiva de Rob.

A "Peitos tão grandes quanto minha cabeça" sorriu meio abismada e perguntou, sem se apresentar:

— Rob está noivo?

— Sim — confirmei. — Está. E, se você alguma vez tentar beijá-lo desse jeito de novo, vou partir a sua cabeça ao meio com uma chave de boca. Entendeu?

A loira engoliu o sorriso.

— Ah — disse ela, com os olhos bem arregalados. — Hum. Tá. Entendi. Eu. Hã. Foi mal. Mesmo. Eu não sabia. É que sou uma pessoa muito afetuosa e acabo...

— Bem — interrompi, com uma piscadela amigável. — Agora você sabe. Então pode parar.

A loira lançou um olhar interrogativo a Rob, que parecia estar se divertindo. E também um pouquinho aliviado.

Acho que não dava para culpá-lo por sentir uma coisa ou outra.

— Pode pagar lá no balcão, Nancy — informou ele. — Jake está com a sua nota.

— OK — disse a "Peitos tão grandes quanto minha cabeça", piscando algumas vezes. — Obrigada de novo, Rob. Prazer te conhecer, hum, Jess. E, hum. Foi mal, mesmo. Parabéns.

— Obrigada. O prazer foi meu — respondi. — Volte sempre.

No caminho até o balcão, Nancy quase tropeçou ao pisar em falso com o salto plataforma de tão afobada que estava para se afastar de mim. Então olhei para Rob e disse:

— Adivinhe?

— O quê? — perguntou ele, ainda com um sorriso no rosto.

— Nem estou mais destruída — declarei.

— Percebi — disse ele, sorrindo ainda mais. — O que aconteceu com aquele papo todo de não violência?

— Eu não bati nela — retruquei. — Você me viu batendo nela? Só dei uma ameaçada, mais nada.

— Pois é, eu vi. Foi um verdadeiro exercício de autocontrole de sua parte, na real. Mas então. Está na hora do almoço?

— Hora do almoço.

— Deixe só eu me lavar então. Ei, eu estava conversando com o pessoal aqui, e a gente ficou se perguntando. Agora que recuperou seus poderes, será que isso significa que, quando a gente tiver filhos, você sempre vai saber onde eles estão?

Refleti sobre o assunto.

— Sim — falei.

— E quanto a mim? — Ele passou os braços em volta de minha cintura. — Você sempre vai saber onde me encontrar?

— Ah, se vou — retruquei, retribuindo o sorriso. — Pelo menos agora que encontrei a pessoa de quem mais senti falta.

— Quem? — perguntou Rob, curioso.

— Eu mesma — respondi. E o abracei.

Este livro foi composto na tipografia Sabon
LT Std, em corpo 11/16, e impresso em
papel off-white no Sistema Cameron da
Divisão Gráfica da Distribuidora Record.